KB078599

성운을 먹는 자

성운을 먹는 자 19

김재한 퓨전 판타지 소설

초판 1쇄 찍은 날 § 2016년 10월 4일
초판 1쇄 펴낸 날 § 2016년 10월 11일

지은이 § 김재한
펴낸이 § 서경석

편집책임 § 이창진
디자인 § 신현아

펴낸곳 § 도서출판 청어람
등록번호 § 제387-1999-000006호
등록일자 § 1999. 5. 31
어람번호 § 제1-2535호

주소 § 경기도 부천시 원미구 부일로 483번길 40 서경B/D 3F (우) 14640
전화 § 032-656-4452 팩스 § 032-656-4453
http://www.chungeoram.com
E-mail § chungeorambook@daum.net

ⓒ 김재한, 2015

ISBN 979-11-04-90986-3 04810
ISBN 979-11-04-90287-1 (세트)

FUSION FANTASTIC STORY

김재한 퓨전 판타지 소설

성운을 먹는 자

윤극성(輪極城)

19

목차

제113장
초대장 II

성운을 먹는자

1

4월이 되자 원세윤이 고인이 된 호 장로의 뒤를 이어 새로운 장로로 취임했다.

별의 수호자에서 장로가 교체되는 것은 13년 만의 사건이었다. 하지만 아마도 이제부터 몇 년 안에 고령의 장로들이 물러나면서 세대교체의 물결이 몰려오리라는 예측이 지배적이었다.

그런데 그녀는 한 가지 의외의 행동을 했다. 총단에 오래 머무르지 않은 것이다.

그녀는 백운지신 연구를 총단으로 옮겨 오지 않고 운벽성 지부에서 유지했다. 대신 운벽성 지부에 시설 확장과 추가 지원이 이루어졌는데, 이것은 별의 수호자의 조직력이 너무 총단에 편중되어 있다는 운 장로 일파의 주장에 따른 변화였다.

이 소식을 들은 화성 하성지가 투덜거렸다.

"이제 와서?"

예전부터 계속 위진국 본단에도 주요 인재와 연구를 가져가려고 노력한 그녀 입장에서는 그럴 만도 했다.

6월에는 천유하가 제자인 은수와 은우 형제를 데리고 총단을 떠났다.

"사문으로 돌아가서 스승님께 이 아이들을 소개할 거야. 애들 기초를 다진답시고 너무 미뤘어."

형운의 지원 덕분일까? 은수와 은우는 반년 만에 원천기심을 이루며 내공의 기초를 다쳤다.

"진해성 거처로 가게 되면 연락할게."

진해성 남부에는 형운의 도움으로 마련한, 일야검문을 위한 거처가 있었다.

이 거처에는 백령회 쪽에서 영수들을 식객으로 보내기로 했으며, 은수와 은우 형제에게 미안함을 느끼는 원숭이 영수 진수도 거기에 포함되어 있었다. 그들은 두 형제가 자라는 동안 일야검문의 안전을 지켜줄 것이다.

7월이 되자 천공지체 연구가 5단계로 접어들면서 후보가

11명으로 줄었다. 강연진과 오연서는 여전히 중요 후보로 남아 있었으며, 그들에게는 일월성단을 포함한 집중적인 지원이 이루어졌다.

형운 역시 적극적으로 연구를 지원했다. 강연진과 오연서의 일월성단 복용 때도 도우미로 나섰는데, 여기에는 개인적인 친분 말고도 화성 하성지와의 정치적인 거래가 개입되었다. 서로가 만족할 수 있는 거래였다.

2

8월에 형운은 한서우가 제공한 정보에 따라서 흑영신교의 비밀 연구 시설을 습격했다. 그곳에는 사회에 혼란을 일으키기 위한, 복용한 인간을 서서히 마인화하는 마약 연구가 진행되고 있었다.

형운은 빙령의 조각과 합일하여 내공을 상승시키고 요괴화한 이십사흑영수를 격파한 뒤 연구 시설을 파괴했다. 이십사흑영수가 시간을 끄는 동안 연구용 마약들을 갖고 탈출하려던 흑영신교도들 역시 모조리 붙잡혔다.

그러나 그들의 자료를 분석한 결과 이미 상당한 양이 시중에 풀려 있었고, 최근 각지에서 일어난 흉악 범죄 중에 몇몇은 이와 관련되어 있다는 결론이 나왔다.

별의 수호자는 이 정보를 황실에도 보고했다. 아마도 곧 전국적으로 대대적인 마약 단속이 시작되며 피바람이 불 것이다.

한서우가 말했다.

"놈들이 싸우는 방법을 바꾸고 있다."

낙성산 사태 이후로 흑영신교와 광세천교의 활동은 극히 위축되었다. 각지의 인원을 재배치하면서 숨죽이고 힘을 기르는 것이 분명했다.

"지금까지 우리가 놈들에게 입힌 손실은 단기간에 복구할 수 있는 게 아니지. 하지만 그렇다고 해서 얌전히 싸움을 포기하고 숨어들 생각인 것 같지도 않다. 이번 일이 그렇듯이 좀 더 음흉한 방법들을 고안하고 있는 것 같군."

"마약도 이거 하나만이라도 단정 지을 수는 없겠죠."

"마약을 선택한 것은 암암리에 퍼뜨리기 좋아서였겠지만 그것 말고도 방법은 얼마든지 있지. 몸에 좋은 약이라고 속일 수도, 다른 사교 세력을 앞세워서 위장할 수도, 전염병을 만들어낼 수도 있어."

한서우에게는 좋지 않은 사태였다. 마교가 저런 싸움법을 택한다면 개개인의 힘으로 할 수 있는 일이 별로 없으니까.

그래서 그는 형운이 협력자가 되어준 것이 정말 다행이라고 생각했다. 그와 달리 형운은 별의 수호자라는 조직을 이용할 수 있으니까.

"그럼 또 정보를 얻으면 연락하마."

한서우는 몇 번 그랬던 것처럼 가려의 서신을 건네주고는 떠나갔다.

3

9월이 되자 서하령이 음공원주로서 이룬 성과를 발표했다.

새로운 약과 음공을 이용한 심리 치료.

여성 장로인 지 장로와 협업으로 이룬 성과였다.

목숨의 위협을 겪은 뒤 불면증에 시달리던 세도가의 자식을 치료하여 실효성을 입증함으로써, 음공은 별의 수호자의 새로운 사업 수단으로 활용될 수 있음을 인정받았다.

형운은 감탄을 숨기지 않았다.

"대단해. 설마 연구하는 게 이런 것일 줄은 몰랐어."

"전투적인 기법부터 연구할 거라고 생각했어? 그랬다면 실례야."

핀잔을 준 그녀가 창밖을 보며 말했다.

"음공의 활용성은 무궁무진해. 지금도 뭔가를 때리고 부술 방법은 많은데 굳이 음공까지 그 방향으로 활용하겠다고 돌진할 필요는 없어. 그리고 무엇보다 음공을 전투적으로 쓰는 것은 굉장히 어려운 일이야."

무인이 음공을 익혀서 전투를 하려면 기적적인 재능과 감각을 갖춰야 한다. 만 명이 교육을 받아도 그게 가능한 인물한 명이 나오면 다행이다 싶을 정도였고, 그것이 음공이 제대로 발전하지 못한 이유였다.

한서우와의, 그리고 천요군과의 만남이 있었기에 서하령은 그 한계를 거부하고 다른 방향성을 추구할 수 있었다. 그것은 분명 일생에 걸쳐 추구할 가치가 있는 숙원이리라.

4

11월에는 형운이 꾸준히 추진해 온 일이 현실화되었다.

무룡원(武龍園).

척마대의 견습생 제도를 바탕으로 총단에 신설된 무관이었다.

지금까지 별의 수호자에는 조직원들의 자제를 위한 학관은 있어도 무관은 없었다.

무공을 배우려면 각 조직의 견습생이 되거나, 외부 문파나 사업체에서 배운 다음에 천거받거나, 그도 아니면 개인적으로 누군가의 제자가 되어야 했다. 일단 무공을 익히고 나면 각 조직을 통해서 심화 과정을 거칠 수 있지만 애당초 입문할 수 있는 기회 자체가 굉장히 제한적이었던 것이다.

무룡원은 그런 기회를 얻지 못한 이들을 위한 무관이었다.

이곳에서 가르치는 것은 기초 무공뿐이다. 그러나 누구나 무공에 입문할 기회를 얻음으로써 적성을 확인할 수 있다는 점이 중요했다.

무룡원을 열기까지는 정말로 많은 고충이 있었다. 장로회의 지원을 따내는 것부터 시작해서 부지를 확보하고, 시설을 짓고, 교관을 비롯한 인원들을 확보하는 것은 정말 보통 작업이 아니었다.

하지만 결국 해냈다.

무룡원 개원식을 치른 날 밤, 형운은 서하령과 마곡정을 불러서 축배를 들었다.

서하령이 말했다.

"해낸 건 놀랍지 않은데, 이렇게 빠를 줄은 몰랐어."

"나도 솔직히 2, 3년은 더 걸릴 거라고 생각했어. 운이 많이 따라줬지."

귀혁과 이 장로는 초기부터 이 계획을 전폭적으로 지지해 주었다.

하지만 그것만으로는 부족했다. 중립파 장로들의 지지를 이끌어내야 했고, 흑검대를 척마대로 받아들이는 과정에서 운 장로와도 정치적 거래를 나눴다. 거기에 오연서에 대한 도움과 이 계획을 공유하는 것을 대가로 화성 하성지의 지지까지 얻어냈기에 생각 외로 빠르게 결과를 얻을 수 있었다.

마곡정이 투덜거렸다.

"화성 그 아줌마는 척마대도 따라 하더니 이것도 네가 고생해서 추진하니까 따라 하다니 너무하는 거 아냐?"

하성지는 위진국에 독자적으로 척마대를 창설하고 자신의 셋째 제자 아윤을 대주로 만들었다. 이후 그들 역시 활발하게 활동했고, 아윤은 살무귀 사후 남은 위진국 사흉마 중 하나를 격파하면서 적룡검주라는 별호로 불리고 있었다.

또한 그녀는 그것으로 그치지 않고 위진국 본단에도 무룡원을 세우기로 했다. 명목상으로는 총단의 무룡원만으로는 이 새로운 제도의 실효성을 입증할 표본이 부족하니 위진국에서도 적극 협력하겠다는 소리를 하고 있지만 그것을 곧이곧대로 듣는 사람이 얼마나 되겠는가?

실로 뻔뻔한 행보다. 하지만 형운은 웃었다.

"난 이번 일은 오히려 고마워하고 있어. 화성께서 지지해 주셔서 실현이 빨라지기도 했고, 또 무룡원이 총단뿐만 아니라 모든 지부에 생기는 것이 내 목표이기도 하니까."

"동감이야. 화성이 그러고 나서지 않았다면 아마 무룡원을 다른 지역으로 확충할 때 어려움이 많았을 거야. 시작부터 하나만이 아니라 둘이 개설되었다는 점은 그때 부딪칠 장벽을 많이 줄여주겠지."

서하령도 동의하자 마곡정이 투덜거렸다.

"아, 둘 다 입 발린 소리만 하기는. 내가 속 좁은 놈 같잖아."

"그걸 이제야 알았어?"

"……."

서하령의 독설에 마곡정의 표정이 썩어 들어갔다. 그것을 본 형운이 웃음을 터뜨렸다.

세 사람은 밤을 지새우며 이야기를 나눴다. 실로 오랜만에 근심 걱정 없는 시간이었다.

5

형운은 무룡원이 개원할 때까지도 정신없이 바빴지만, 무룡원이 개원하자 더욱 일이 늘었다. 초창기에는 당연하게도 사건 사고가 끊이지 않았고, 그로 인해 드러난 문제점들을 보완해야 했기 때문이다.

무룡원은 전적으로 형운에 의해서 만들어졌지만, 그렇다고 해서 형운이 무룡원주 자리에 앉지는 않았다. 그는 여전히 척마대주였다.

만약 형운이 무룡원주가 되길 바랐다면 장로회의 의견은 아마도 반반으로 나뉘었을 것이다. 형운이 귀중한 연구 대상으로서 보다 많은 시간 동안 협력해 주길 바라는 이들도, 그가 대외적인 활동을 줄여서 무인으로서 성과를 거두는 일이 좀 줄어들었으면 하는 이들도 많았으니까.

무룡원주의 집무실을 방문한 형운이 물었다.

"애들 가르치시는 건 어떤가요, 무룡원주님?"

"척마대주께 그렇게 불릴 때마다 적응이 안 되는군요."

빙긋 웃으며 대답한 것은 형운이 잘 아는 사람이었다. 얼마 전까지만 해도 영성 호위대장으로 불렸던 남자, 진석준이다.

그는 15년 동안이나 계속해 온 영성 호위대장직을 은퇴하고 초대 무룡원주가 되었다. 형운이 열성적으로 설득했기 때문이 기도 하지만 그 스스로도 좋은 기회라고 여겼기 때문이다.

"하지만 아직도 어색하긴 합니다."

그는 영성 호위대장이 되기 전부터 경력의 대부분을 은신 호위무사로 살았다. 그러다 보니 남에게 당당하게 얼굴을 보이고 자신을 드러낸 채로 살아가는 것이 어색했다. 가려 정도로 극단적이진 않더라도 은신 호위무사 일을 한 사람들은 공통적으로 갖는 감성이었다.

형운이 말했다.

"금방 익숙해지실 거예요. 누구 가르치는 거야 잘하시잖아요."

"어느 정도 배우고 온 놈들한테 교관 노릇 하던 것과 어린 애들을 기초부터 가르치는 건 다르지요. 신경 쓸 게 한둘이 아닙니다."

푸념을 늘어놓으면서도 즐거워 보이는 그의 모습을 보며 형운은 역시 자신의 인선이 적절했다고 생각했다.

"어쨌든 1기생들이 졸업하기까지 확실하게 체계를 잡아놔야겠지요. 이 아이들의 성적이 무룡원의 앞날을 좌우하기도 할 테니까요."

현재 무룡원의 교육과정은 2년으로 잡혀 있었다. 이 기간 동안 무공의 기초를 다진 후에 각 조직의 견습생으로 들어가는 것이 목표가 되리라.

형운이 말했다.

"필요한 것이 있으면 언제든지 말씀해 주세요. 최선을 다해서 돕겠습니다."

"사양하지 않겠습니다. 그러고 보니……."

문득 석준이 화제를 돌렸다.

"가려는 잘 지내고 있답니까?"

"……"

그 말에 형운이 자기도 모르게 한숨을 쉬었다.

현시점에서는 가려가 자혼의 제자가 된 것은 극소수만 아는 사실이었다. 공식적으로는 임무 수행 중 큰 부상을 입어서 조직을 떠나서 요양하는 것으로 되어 있다.

석준은 형운이 비밀을 공유한 몇 안 되는 사람 중에 하나였다. 가려의 스승인 동시에 보호자이기도 했던 그에게는 알려야만 한다고 생각했기 때문이다.

"잘 지내는 것 같아요. 하지만 저도 자세히는 잘 모르겠습니다. 답장으로 꼬치꼬치 캐물어야 다음번에 짧은 대답이 돌아오는 수준이라……."

"그렇습니까. 그 아이답군요."

"슬슬 휴가라도 얻어서 한 번쯤 얼굴 보러 와도 좋을 것을,

누나도 너무 고지식하다니까요. 아니, 암야살에 선배님이 너무 꽉 막히신 건지도 모르겠지만."

형운이 투덜거렸다.

가려가 떠난 지도 벌써 1년이 넘었다. 그동안 다섯 번의 서신을 받았고, 다시 다섯 번의 답장을 보냈다.

하지만 가려의 서신에는 늘 많은 정보가 담겨 있지 않았다. 종종 수련 중에 있었던 인상 깊은 일이나, 어딘가를 가다가 예전 일들이 생각났다거나 하는 정도의 이야기만 하고 있다.

그런 서신을 받을 때마다 형운은 기쁜 만큼 답답했다. 답장을 쓸 때마다 '보고 싶다. 빨리 돌아오라'는 말을 썼다가 종이를 찢어버린 것이 몇 번이나 되는지 모르겠다.

석준이 웃었다.

"사람의 앞날은 정말 알 수 없는 노릇입니다. 그 아이가 암야살에 자혼의 제자가 되는 것도, 그리고 제가 무룡원주가 되는 것도 상상도 못 해본 일이니까요. 그 아이가 돌아오면 과연 어떤 대접을 해줘야 할지 막막해지는군요."

"예전이랑 똑같이 대해주시면 돼요."

"똑같이 말입니까?"

"누나도 분명 그걸 바랄 거예요."

형운은 확신을 담아서 말했다. 석준은 그런 형운을 가만히 바라보다가 부드럽게 미소 지었다.

6

12월 중순 무렵 천공지체 연구가 한 단계 더 진전되었다.

6단계에 남은 후보는 4명뿐이었다. 강연진과 오연서는 이번에도 남아 있었다.

6단계 후보들을 남기는 기준은 명쾌했다. 그동안 귀혁이 무학자들과 협력해서 개발한 합동심법을 제대로 운용 가능한가가 절대 조건이었다.

이 시점에서 천공지체는 두 명이 짝을 지어 이루는 것을 전제로 하고 있었다. 아마도 최종적으로는 단 두 명의 천공지체만이 남게 될 것이다.

형운은 여전히 이 연구에 깊게 개입하고 있었다. 하지만 아무래도 천공지체가 완성되는 순간은 직접 지켜보지 못할 가능성이 커졌다.

"외국에서 생일 초대가 날아왔을 뿐인데 난 왜 이게 불길한 징조처럼 느껴지는 걸까?"

서하령이 금박을 입힌 초대장을 들고 말했다.

같은 초대장을 받은 형운이 쓴웃음을 지었다.

"이번에는 연락도 안 닿는 오지로 초대받은 것도 아닌데 뭘. 별일이야 있겠어? 물론 마교 놈들이 무슨 짓을 해올지 모르니 주의를 기울여야겠지만……."

"그건 그렇지만 9년 전에 한 번 봤을 뿐인데 갑자기 이런 초대장이 날아오니까 아무래도 뜬금없는걸."

형운과 서하령에게 날아온 초대장은 풍령국 윤극성에서 날아온 것이다.

발신인은 풍령국에서 풍아검(風牙劍)이라는 별호로 명성을 날리고 있는 성운의 기재 위해극이었다.

9년 전, 무상검존 나윤극의 명을 받고 머나먼 이곳까지 찾아와서 귀혁과 형운과 대련을 벌이고 돌아갔던 그는 그 후로는 전혀 교류가 없었다. 그런데 내년 5월에 있을 자신의 25세 생일 행사에 두 사람을 초대했으니 뜬금없는 기분일 수밖에.

만약 이것이 그의 개인적인 초대였다면 두 사람은 응하지 않았을 것이다. 친분이라고 할 만한 관계도 없었던 사람의 생일 행사에 참가하겠다고 머나먼 풍령국 윤극성까지 가기에는 두 사람의 직위가 가볍지 않다.

하지만 윤극성은 이번 일을 빌미로 별의 수호자에 큰 거래를 제안해 왔다. 그들이 제시한 대가가 너무나도 매력적이라 별의 수호자에서도 받아들이지 않을 수 없을 정도로.

"너도 갈 거야?"

형운이 물었다.

사실 이번 일에 대해서 형운은 선택권이 없었다. 이미 정식 명령이 떨어졌기 때문이다.

이번 거래의 중요성이 너무 높아서 최저 오성급의 무력이 필요하다고 판단되었고, 행사의 주인공이 형운에게 초대장을 날렸다는 명분이 있었으며, 무엇보다 윤극성이 바라는 물건이 하운국 총단에만 있기에 출발 지점도 이곳이었다.

'어차피 내 입장에서는 한 번은 가야 할 곳이기도 했고.'

게다가 형운 개인적으로도 한 번쯤은 가봐야 할 이유가 있었다. 환예마존 이현의 유지와 관련된 문제였으니 오히려 환영해야 할 판이다.

하지만 서하령은 형운과 입장이 다르다. 음공원은 무력 집단이 아니기 때문에 아무리 장로회라도 음공원주인 서하령에게 이런 임무를 명령할 수는 없었다.

서하령은 탁자에 놓은 초대장을 손가락으로 꾹꾹 눌러보다가 말했다.

"갈 거야."

"괜찮겠어?"

"내가 가는 게 불만이야?"

"아니, 그런 게 아니라 척마대야 내가 없어도 어떻게든 굴러가겠지만 음공원은 네가 장기간 부재하면 운영에 차질이 생기지 않을까 싶어서……."

음공원은 서하령 개인의 재능에 의존하는 바가 큰 조직이었다. 그녀가 구사하는 음공을 표본으로 삼아서 연구를 진행하니 그럴 수밖에 없다.

서하령이 고개를 저었다.

"걱정해 주는 건 고맙지만 괜찮아. 그동안 쌓은 자료들도 많고, 실험을 진행할 수 있는 인재들도 키워놨으니까. 이번에 안 가면 평생 다시 풍령국에, 그중에서도 윤극성에 가볼 기회가 없을지도 모르는데 적극적으로 이용해야지. 풍령국 각 지방의 악곡도 조사하고 그쪽에 지원을 부탁해서 음공 자료도 찾아봐야겠어."

"그렇다면야 나야 환영이지만."

"이번에도 일정이 촉박할 텐데 데려갈 인원들은 다 정해졌어?"

"그게……."

서하령의 물음에 형운은 쓴웃음을 지었다.

다음 날, 장로회의 명령서를 받은 마곡정이 기겁했다.

"아니, 나를 왜 여길 보내?!"

마곡정이 참가하게 된 것은 형운과 서하령의 의사는 아니었다. 객관적으로 볼 때 이번 일에 참가하는 것은 정말 좋은 경력이 될 것이기에 풍성 초후적이 제자의 앞날을 위하는 마음으로 그를 추천했던 것이다.

'아악! 난 이딴 경력 필요 없어!'

하지만 졸지에 1년 가까이 예은을 못 보고 지내게 된 마곡정은 비명을 지르고 말았다.

제114장
풍령국으로

성운을 먹는자

1

별의 수호자는 이번 윤극성과의 거래에 신중을 기울였다.

장로회가 최저 오성급 무력이 필요하다고 판단한 것은 만에 하나라도 물자를 잃을 가능성을 없애 버리기 위함이었다. 무력으로는 이미 오성급이라 평가받는 형운만으로는 부족하다는 듯 최정예 무인들을 아낌없이 투입했다.

"아무리 그래도 무작정 강한 사람을 보낸다고 다가 아니라는 것쯤은 아실 텐데……."

형운이 명단을 보며 한숨을 쉬었다.

일단 이번 일행의 지휘권은 형운에게 있다. 하지만 함부로 대할 수 없는 인원이 몇 있었다.

마곡정이 불만 가득한 얼굴로 대꾸했다.

"정치가 다 그렇지 뭐."

"남의 사람은 못 믿으니까 내 사람을 보내야겠다, 다들 그렇게 생각해서 양보를 안 하니까 이 꼴이 나는 거지. 아, 골치 아파."

"덕분에 나도 끌려가게 됐고. 아, 빌어먹을. 내가 왜 거길 가야 하냐고."

마곡정은 명령서를 받은 후부터 투덜거림이 끊이지 않았다. 정말 가기 싫은 모양이었다.

형운이 떨떠름한 표정으로 말했다.

"그렇게 가기 싫으면 네 사부님께 빠지면 안 되겠냐고 말씀드려 보지 그랬어?"

"내가 안 해봤을 거 같냐?"

"뭐라고 하시는데?"

"여길 다녀올 건지 아니면 아예 대사형 따라서 풍령국 지부로 갈 건지 양자택일하라고 하시더라."

"……."

참고로 풍성의 첫 번째 제자인 상무경은 예전에 크게 내상을 입은 후, 긴 요양 기간을 거친 다음 풍령국 본단에서 일하고 있었다. 풍성의 후계자 경쟁에서 탈락해서 좌천된 셈이다.

물론 풍령국에 가더라도 출세를 노릴 수는 있다. 하지만 별의 수호자의 중심은 어디까지나 하운국, 그중에서도 총단이었다. 무인들의 정점인 오성을 노리려면 반드시 총단에서 의미 있는 경력을 쌓을 필요가 있었다.

형운이 한숨을 쉬었다.

"일월성단은 정작 우리 내부에서는 천명단 때문에 인기가 많이 떨어졌는데 외부에서는 열성적으로 원한단 말이지."

윤극성은 일월성단을 이번 거래의 핵심으로 삼았다.

별의 수호자는 일월성단을 좀처럼 외부에 판매하지 않는다. 그것은 일월성단이 지닌 가치 때문만은 아니었다. 복용 시의 반동이 크다는 것과 먼 곳까지 운송하는 것 자체가 굉장히 어렵고 귀찮은 일이라는 점도 크게 작용했다.

천유하나 진예의 경우만 봐도 그렇다. 역사적으로 판매된 일월성단의 9할 9푼은 구매자가 총단까지 와서 성도의 탑에서 별의 수호자 인력의 도움을 받아가면서 복용했던 것이다.

그런 이유로 일월성단은 그저 돈을 많이 낸다고 해서 살 수 있는 것도 아니고, 외부로 배송해 주는 경우는 더더욱 희귀하다. 그럼에도 별의 수호자는 윤극성에서 바라는 대로 일월성단을 직접 가져다주기로 했는데 그 이유는…….

"성혼철(星魂鐵)을 주겠다니, 솔직히 그렇게까지 해서 일월성단을 필요로 하는 이유가 더 궁금하다."

성혼철은 극히 희귀한 광물이다.

어느 정도로 희귀하냐 하면 인간의 손으로 만들어진 물건 중에 이것을 소재로 쓴 물건이 단 하나도 없을 정도다.

그것은 신들의 힘이 담긴 전설적인 유물들, 즉 신들이 신기(神氣)를 담은 신기(神器)를 만들 때 사용한 소재다. 지상의 광맥에서 나는 것이 아니라 역사적으로도 희귀한, 하늘의 운명과 땅의 운명이 맞닿는 순간에만 기적적으로 탄생한다고 한다.

운룡족이 성혼철을 가공한 결과물이 운철(雲鐵)이며, 그들은 그것으로 신기 운룡검(雲龍劍)을 만들었다. 위진국의 진익창(震靈槍), 풍령국의 풍신도(風神刀) 역시 성혼철을 각국의 신수 일족들이 신기로 가공한 결과물로 만든 것들이다. 흑영신교와 광세천교의 신기들 역시 마찬가지다.

별의 수호자가 보유한 성혼철을 다 합쳐도 반지 하나를 만들면 끝일 정도로 적다. 게다가 그만큼이 한곳에 다 모여 있는 것도 아니고 곳곳에 분산되어 있어서 거기에 대한 연구는 거의 진행되지 않았다.

그런데 윤극성 쪽에서 극히 미량이긴 해도 이것을 대가로 일월성단 3종을 모두 포함한 거래를 요구해 온 것이다.

일월성단을 누군가에게 복용시키기보다는 연구용 표본으로 쓰고자 하는 의도가 노골적이었다. 이런 거래는 평소였다면 절대 받아들이지 않았겠지만 성혼철의 가치가 너무나도 높았다.

마곡정이 말했다.

"장로회에서 신경이 곤두설 만도 하지. 우리가 위진국 다녀오면서 당한 일 생각하면 더 그렇고."

"하지만 그렇다고 해도 이 인선은 너무하단 말이지."

형운은 인원편성표를 보며 한숨을 쉬었다.

2

윤극성으로 향하는 일행은 새해가 되기 전에 출발했다.

지휘자는 형운이었고 총인원은 52명으로 위진국 때보다 월등한 규모에 무인의 질도 대단히 높았다. 특히 장로회는 다른 임무였다면 한 명 한 명이 지휘관을 맡았을 인물들을 아낌없이 투입했는데…….

"너희들이랑 같이 임무를 수행하는 것도 오랜만이구나."

그렇게 말한 것은 점잖고 기품 있는, 30대 중후반 정도로 보이는 도객이었다. 풍성의 둘째 제자이며 차기 오성 후보 중 하나로 불리는 정무격이다.

"이렇게 장기간 가는 건 처음이지요. 특히 곡정이랑은."

대꾸한 것은 풍성의 여섯째 제자 오량이었다.

'풍성의 제자들만 셋이라니…….'

형운 입장에서는 오량은 반가운 얼굴이지만 정무격의 존재가 대단히 불편했다. 아마 정무격 역시 마찬가지일 것이다. 게다가 그는 형운에게 지휘를 받는 입장이 아닌가.

"풍령국 본단까지 가는 길에는 도움이 될 수 있을 걸세. 그래도 호위로 두 번 다녀왔으니까."

거기에 파견 경호대주인 백건익까지 참가해 있으니 분위기가 이상하다 못해 해괴망측했다. 형운과 정무격, 백건익이 서로서로를 의식하다 보니 부하 무인들도 세 사람의 눈치를 볼 수밖에 없었다.

'그나마 지성이 빠진 걸 위안 삼아야 하나.'

형운은 애써 한숨을 참았다.

장로회에서는 하운국에서 풍령국으로 넘어가기까지는 지성까지 붙이려고 했었다. 결국 지성의 일정상 불가능해서 무산된 것이 형운 입장에서는 정말 다행스러웠다.

형운이 넌지시 물었다.

"그런데 백 대주님께서는 어쩌다가 참가하시게 된 겁니까?"

"사정이 좀 복잡하게 됐다네. 솔직히 나도 가고 싶지 않았지만……."

파견 경호대주인 백건익은 이런 운송 업무하고는 거리가 있는 사람이었다. 평소 그가 나서는 일들은 어디까지나 장로들을 포함한 요인 경호다.

게다가 그는 한창 제자인 허조를 가르치느라 신경을 쓰고 있었다. 무공에 입문한 지 2년째인 제자의 곁에서 장기간 떠나 있고 싶지 않았다.

"장로님들께서 부탁하셔서 어쩔 수가 없었다네. 풍성의 제자가 셋이나 나서니 나 정도는 가서 자네 편이 되어줘야 균형이 맞지 않겠는가 하시기에…….”

백건익은 예전에는 중립을 표방하면서 운 장로에게도 줄을 대고 있었다. 하지만 위지혁이 지성이 되고, 이후 백령회의 일을 통해서 형운과 친해지면서 자연스럽게 운 장로 일파와는 거리가 멀어졌고 중립파와 반대파 장로들이 최대 후원자가 되었다. 그런 장로들이 간곡히 부탁을 해오니 그로서는 도저히 거절할 수가 없었다.

“그런 거였군요. 감사합니다.”

“고마우면 나중에… 알지?”

“알다마다요.”

기꺼이 고개를 끄덕인 형운이 물었다.

“그런데 파견 경호대 쪽 업무는 괜찮습니까?”

“우리 쪽은 애당초 내가 장기간 자리를 비우는 일이 꽤 잦은 편이라서 괜찮다네. 그리고 광익을 남겨두었으니 알아서 잘하겠지. 허조는 영성께서 신경 써주시겠다고 했으니 믿어도 될 것이고…….”

“그 점에서라면 사부님만큼 믿을 수 있는 분이 없죠.”

형운은 보이지 않는 곳에서 신경 써준 귀혁의 배려에 감사했다.

그렇게 풍령국으로의 여정이 시작되었다.

하운국에서 풍령국으로 넘어가는 과정은 순조로웠다.

진해성을 떠나서 동쪽의 하운성으로, 그리고 다시 동쪽의 강주성을 지나서 풍령국과의 관문 역할을 하는 백운성으로 들어가기까지는 두 달이 넘게 걸렸다.

거리상으로는 위진국으로 넘어갈 때보다 가까운데도 더 오래 걸린 것은 인원이 50명이 넘는 대인원이었다는 점과 일행 중에 무인이 아닌 인원이 섞여 있었기 때문이다. 일월성단을 관리하기 위해서 연단술사들이 포함되었고, 전투에 능한 기환술사들도 투입되었던 것이다.

대신 이 정도로 인원이 많다 보니 가는 길에 말썽에 휘말릴 일이 없었다. 일행이 벌인 몇 번의 전투는 전부 생각 없는 요괴들을 만나서였고, 매번 식후 운동거리조차 안 될 정도로 손쉽게 퇴치해 버렸다.

2월이 중순에 접어들 무렵, 일행은 풍령국과 인접한 국경도시 운령에 도착했다. 그리고 하루 휴식을 취한 뒤 곧바로 국경을 넘었다.

위진국으로 넘어갈 때와는 사정이 달랐다. 일단 인원수가 많아서 굳이 상단을 낄 필요도 없었고, 윤극성에서 공식적으로 초대받았다는 명분도 있었다.

운령을 떠나서 풍령국의 국경도시 풍정에 도착하기까지는

이틀이 걸렸다. 그 시간은 평화롭지만은 않았다.

"과연 무법지대라고 해야 할지 아니면 상상을 초월할 정도로 멍청한 것들이라고 해야 할지 모르겠군."

정무격이 중얼거렸다.

그들은 잠시 후면 낮은 협곡 사이를 지나게 된다. 도적 떼 입장에서는 기습하기 딱 좋은 지형이었다.

하지만 형운 일행은 아무리 봐도 도적질하기 좋은 대상이 아니다. 인원은 50명이 넘고, 그중 9할이 충실한 무장을 갖춘 무인이며, 운송하는 짐은 적고 전원 말을 타서 기동력이 뛰어나기까지 하다.

그런데도 협곡에 매복한 자들은 물러날 기미가 보이지 않았다. 수적으로는 형운 일행보다 많았고 습격하는 순간에는 절대적인 지형의 유리함을 등에 업을 것을 믿는 것일까?

물론 일반적으로는 그들의 매복을 알아차리기가 쉽지 않으니 해볼 만하다고 느꼈을 것이다. 하지만 일행은 기환술사들의 탐지 술법으로 간단히 그들의 존재를 간파했다.

정무격이 물었다.

"어떻게 할 것인가, 척마대주? 이대로 들어간다면 귀찮을 것 같은데, 차라리 먼저 공격하는 것은?"

"저쪽이 물러나지 않는 것인지 물러날 기회를 보고 있는 것인지 알 수 없으니 선택할 기회 정도는 주겠습니다."

"관대하군."

정무격이 냉소했다. 무르다고 말하고 싶은 것이 틀림없었다.

그러나 형운은 담담하게 받았다.

"우리의 결단은 곧 저들의 몰살입니다. 입장을 확실히 해야지요."

"흥. 지휘관은 자네이니 그리 정했다면 따를 수밖에."

형운은 못마땅한 그의 말을 한 귀로 흘리며 기환술사들에게 지시를 내렸다.

그리고 잠시 후, 함성이 울려 퍼지며 협곡 사이로 바위가 굴러떨어지는 소리와 화살이 쏟아지는 소리가 들렸다.

정무격이 빈정거렸다.

"볼 것도 없지 않았나?"

"기회를 준다는 것은 그렇게 지레짐작하지 않고 실제로 확인한다는 의미입니다. 우리는 살인귀가 아니라는 것을 잊지 않으셨으면 좋겠군요."

"알겠네. 과연 협객으로 이름나려면 그런 행동 방침을 가져야 하는 거군. 공부가 됐어."

일행은 이동속도를 늦춘 채로 기환술사들이 만든 환상을 선행해서 협곡 사이로 진입시켰다. 그러자 매복하고 있던 자들이 기다렸다는 듯 맹공을 가한 것이다.

적이 약탈을 목적으로 공격해 온 이상 사정 봐줄 이유가 없었다. 허상을 상대로 준비한 공격을 다 퍼부었다는 사실에 망

연자실한 도적 떼를 별의 수호자 무인들이 덮쳤다.

병장기가 부딪치는 소리가 일기도 전에 피바람이 일었다.

"캬아아악! 이, 인간들……!"

경악하는 도적 떼 중에는 인간이 아닌 자가 다수 섞여 있었다.

정무격이 눈을 가늘게 떴다.

"믿는 구석이 이거였나? 요괴들이라……."

그가 차갑게 웃었다. 투명한 기운을 두른 도가 유려한 궤적을 그리며 적들을 베어갔다.

푸화아아악!

도가 닿는 거리만이 아니라 반경 3장(약 9미터) 안에 있는 자들은 일합조차 버티지 못하고 쓰러져 간다.

적들의 수는 70명이 넘었다. 도적 떼 전원이 나름 무공을 익힌 자들이었으며, 요괴가 열 마리도 넘었다. 두령인 자는 키가 1장도 넘는 새카만 식인귀였고 호랑이보다도 두 배는 큰 대형 맹수형 요괴도 포함되어 있었다.

일개 도적 떼치고는 지나치게 막강한 전력이었지만 일행 앞에서는 추풍낙엽처럼 쓰러져 갈 뿐이었다.

'강해졌군.'

형운은 정무격이 싸우는 모습을 보며 생각했다.

한눈에 예전보다 훨씬 수준이 높아졌다는 것을 알 수 있었다. 고도의 수법은 쓰지 않았지만 몸의 움직임과 진기 운용만 봐도 수준 차가 확연했다.

"크어어어어! 이노오옴, 먹어버리겠다!"

부하들이 허무하게 쓰러져 가자 두목이 달려들었다. 거구의 식인귀가 붉은 안광을 불태우며 정무격을 덮친다.

서걱!

하지만 미처 접근하기도 전에 팔이 깨끗하게 잘려 나간다. 너무 매끄럽게 잘려 나가서 일순간 식인귀는 자기에게 벌어진 일을 이해하지 못하고 어리둥절해했다.

파악!

그리고 정무격은 그 한순간의 허점을 놓치지 않았다. 허공에 일도를 내지르자 5장(약 15미터)의 거리를 격하고 식인귀의 목이 잘렸다.

"커, 억……!"

정무격은 그가 무너져 내리는 모습을 끝까지 보지도 않고 다른 도적들을 베어갔다.

도적들이 몰살하기까지는 채 반각(약 7분)도 걸리지 않았다.

"확실히……."

전투가 끝나고 나자 백건익이 싸늘하게 웃었다.

"예전보다 훨씬 실력이 좋아졌군."

그는 정무격과 더불어 차기 오성 후보 중 한 명으로 거론되는 인물이다. 형운의 비상식적인 성장세 때문에 둘 다 빛이 바랜 감이 있지만 총단에서 손꼽히는 실력자들이기도 했다.

당연히 서로를 강하게 의식하고 있었지만 소속이 다른 만큼 정작 실력을 볼 기회는 흔치 않았다. 백건익이 지닌 정무격의 실력에 대한 정보는 그와 형운이 시범 비무를 치른 이후로 4년여 만에 갱신된 셈이다.

"한 번쯤 붙어보고 싶지만 입장상 그건 안 되니, 나도 실력을 보여줘야겠지."

백건익이 호승심을 불태웠다.

그리고 그럴 기회는 여러 번 있었다. 풍령국 쪽의 국경도시 풍정에 도착하기까지 이틀간 세 번이나 도적 떼 혹은 요괴들의 습격을 받아서 전투를 벌였기 때문이다.

이 전투에서 백건익과 정무격은 서로를 강하게 의식하며 경쟁적으로 활약했다. 압도적인 무위를 자랑하는 그들의 활약 덕분에 다른 일행들이 할 일이 거의 없을 정도였다.

모두들 감탄했지만 서하령은 한심해하는 기색을 감추지 않았다.

"한자리씩 하고 있는 중년 아저씨들이 어쩌면 저리도 애 같담."

형운도 그 점에는 백번 동감이었다.

4

몇 번의 전투에도 불구하고 일행은 아무런 피해 없이 풍령국의 국경도시 풍정에 도착했다.

문제는 시내에 들어섰을 때 벌어졌다.

"어?"

일행은 기이함을 느꼈다.

그들은 50명이 넘는 대인원이다. 게다가 무인의 수가 많으니 어딜 가나 시선을 끌었다.

여기서도 그랬어야 정상이다. 그런데…….

"…아무도 우리를 안 보고 있어."

마곡정이 식은땀을 흘렸다.

일행이 길을 가면 사람들이 자연스럽게 비켜선다. 하지만 그들 중 일행을 보는 이들은 아무도 없었다.

무서운 것은 일부러 시선을 피하는 기색이 안 보인다는 점이다.

그런 경우가 있지 않은가? 시장 통에서 멈춰서 이야기를 나누다가 지나가는 누군가가 다가오면 딱히 인식하지 않고 슬쩍 길을 터주는 경우.

하지만 50여 명의 인원에게 길을 터주는 모든 사람이 그렇게 행동한다면 그건 아무리 봐도 이상하지 않은가?

"그것만이 아니야. 조용해."

서하령 역시 굳은 표정으로 말했다.

주변에 많은 사람들이 있다. 그런데 그들이 내는 소리가 들리지 않는다.

마치 그 모두가 허상에 불과한 것처럼, 일행에게는 자신들이 내는 소리만이 들리고 있었다.

실로 공포스러운 상황이다. 다들 자연스럽게 무기에 손을 가져갔고, 기환술사들은 필사적으로 상황을 파악하려 애썼다.

긴장의 실을 끊은 것은 형운이었다.

"존귀하신 분들께서 무슨 볼일이십니까?"

표정을 굳힌 그가 대로변의 건물 옥상을 보며 말했다.

다들 형운을 따라서 그곳을 바라보았지만 아무도 없다. 서하령조차도 그곳에 아무것도 없다고 느끼고 있었다.

"과연. 듣던 대로 놀라운 자로군."

그래서 아무것도 없는 허공에서 목소리가 들려왔을 때는 다들 깜짝 놀랐다.

하지만 형운은 그 말이 들리자마자 시선을 정면으로 옮겼다. 한 박자 늦게 그의 시선을 따라간 다른 이들은 어느새 이질적인 생김새를 지닌 두 사람이 그곳에 서 있는 것을 볼 수 있었다.

백색과 녹색에 금실로 치장한, 화려한 인간의 의복을 입고 있지만 누가 봐도 인간이 아님을 알 수 있는 생김새였다.

머리칼은 새하얀 백발이었으며 피부는 옅은 회백색을 띠고 있었다. 백록색의 눈동자는 동공조차도 검지 않고 그저 색이 더 짙을 뿐이었다. 이마에는 녹옥을 깎아서 만든 것 같은, 희미한 빛을 발하는 반투명한 뿔이 나 있었고 귀는 인간의 귀와 같은 위치에 달려 있지만 동물의 그것과 유사한, 뾰족하고 털이 난 형태였다. 그리고 엉덩이 쪽에는 도톰한 백색 털의 꼬리가 보였다.

한 명은 형운보다는 앳되어 보이는 청년이었고, 한 명은 열대여섯 살 정도로 보이는 소년이었다. 소년이 점잖은 목소리로 말했다.

"숙부님, 괜히 인간들이 두려워하게 만드는 장난은 그만두시지요. 무엇보다 저 인간은 마치 이런 일을 예상했다는 듯 태연하지 않습니까?"

"흠. 딱히 그런 의도로 술법을 펼친 것은 아니었다. 그저 우리가 등장하면 여기 인간들이 얼마나 호들갑을 떨까 싶어서……."

"그런 마음도 1푼 정도는 있으셨겠지요."

청년에게 눈을 흘긴 소년이 형운에게 말했다.

"소개가 늦었군요. 이미 짐작하고 있는 것 같지만 저는 풍혼족의 풍오라고 합니다."

"풍서다."

형운은 당황하지 않고 예를 표했다.

"존귀한 분들을 뵙게 되어 영광입니다. 별의 수호자의 형운이라고 합니다."

그러나 형운과 서하령, 마곡정을 제외한 이들은 모두 대경했다. 풍령국으로 들어서자마자 풍령국 황실을 수호하는 신수의 일족과 마주치다니?

풍오가 재미있다는 듯 웃으며 물었다.

"알고 있습니다. 선풍권룡 형운, 당신의 위명은 우리의 귀에도 들려오더군요. 하지만 당신은 이전에 풍혼족을 만난 적이 없지요?"

"예."

"그런데도 놀라지 않는군요. 마치 우리가 찾아올 것을 알고 있었던 것처럼."

"몇 년 전에 위진국에서 비슷한 일을 겪었습니다. 그래서 이번에도 비슷한 일이 반복될지도 모른다고 예상하고 있었지요."

형운만이 아니라 서하령과 마곡정도 이미 위진국에서 진조족이 갑자기 찾아오는 경험을 한 바 있었다. 형운뿐만 아니라 오량까지 일행에 포함되어 있었으니 풍혼족이 찾아올 가능성은 상당히 높으리라 예상했다.

풍오가 고개를 끄덕였다.

"그랬군요. 그럼 우리가 왜 찾아왔는지도 알겠지요?"

"예."

"그 일의 관계자가 여럿 있기는 하지만 우리가 볼일이 있는 것은 당신과 당신, 두 명뿐입니다."

풍오가 손가락으로 일행 중 한 명을 가리켰다.

"저, 저 말씀입니까?"

당황해서 물은 것은 오량이었다. 이런 일이 있으리라는 귀띔을 못 받았으니 당연한 반응이었다.

'말해줄 틈이 없었지.'

마곡정의 경우는 서하령과 이야기한다는 명목으로 형운과도 따로 이야기할 시간이 많았다. 하지만 오량은 거의 정무격과 붙어 있어서 언질해 주지 못한 것이다.

풍오가 말했다.

"잠시 자리를 바꾸고 싶군요. 괜찮겠습니까? 그리 오래 걸리진 않을 겁니다. 일행에게 설명해 주시지요."

"예."

형운은 살짝 감동했다.

처음에 술법으로 공포스러운 분위기를 조성했을 때는 이들도 운룡족이나 진조족하고 똑같구나 싶었다. 그런데 풍오가 자신들을 대하는 태도에는 예의와 배려가 묻어 있지 않은가?

"하령아, 뒷일 부탁한다. 아마 오래 안 걸리겠지만 혹시라도……."

"알았어. 걱정 말고 다녀오기나 해."

"오량 선배, 가죠. 별일 없을 테니 걱정 마시구요."

"어, 아, 알겠네."

오량은 어안이 벙벙한 표정으로 고개를 끄덕였다.

그리고 다음 순간, 형운과 오량 두 사람은 풍혼족들과 함께 사라졌다.

5

한순간에 주변의 풍경이 바뀌었다.

그들을 둘러싼 풍경이 차가운 바람이 불어오는 눈 덮인 산 속으로 바뀌어 있었다.

계절감이 바뀌지는 않았다. 시기는 2월 중순, 아직 겨울의 추위가 물러가지 않은 시기였고 풍정은 별의 수호자 총단이 있는 진해성과 비슷하게 대륙 북부에 가까운지라 추위가 더 강했으니까.

'그렇게 멀리 온 것 같지는 않군. 그냥 근방의 산으로 온 건가?'

이번에는 풍령국 황궁으로 끌려가는 것은 아닐까 걱정했 는데 풍혼족들은 그럴 생각은 없는 모양이었다.

풍오가 말했다.

"오량, 당신은 영문을 모르고 있는 것 같으니 설명해 드리 지요. 우리가 당신들을 찾아온 것은 당신들이 괴령의 소멸에 직접적으로 관여한 이들이기 때문입니다."

"아⋯⋯."

오량은 그제야 이유를 알아차렸다.

풍오가 빙긋 웃었다.

"특히 당신은 풍혼아의 신기를 품었던 존재지요. 운룡족이 확인해 봤다는 것은 알지만 우리 입장에서는 그냥 지나칠 수 없는 문제랍니다."

"그, 그랬군요."

"그럼 잠시 확인하겠습니다."

그리고 풍오를 중심으로 광풍이 일었다.

후우우우우우!

"음……!"

형운이 신음을 흘렸다. 휘몰아치는 바람이 그와 오량을 훑고 지나갔다.

잠시 후, 바람이 잦아들고 나자 풍혼족 청년, 풍서가 말했다.

"역시 안 남아 있군."

"운룡족이 그 정도로 일을 허투루 하진 않았겠지요."

"하지만 정말 명불허전이로군. 인간의 몸이 이럴 수가 있나?"

"심지어 신기로 행했던 일을 재현할 수 있다니, 놀라울 따름입니다."

두 풍혼족은 형운을 보며 신기해했다. 그런 그들이 반응을 보며 형운은 쓴웃음을 지었다. 운룡족과 진조족 때도 그랬지만 이들도 한순간에 형운에 대한 것을 읽어낸 것이다.

풍서가 말했다.

"그럼 오야, 이제 네 일은 끝났구나. 내 차례다."

"꼭 하셔야겠습니까?"

"나는 꼭 이들에게 상을 주고 싶다."

"네, 네. 마음대로 하시지요."

풍오가 포기했다는 듯 한숨을 쉬었다.

형운과 오량이 의아해했다. 왜 한쪽이 상을 주겠다는데 다른 한쪽의 반응이 저렇단 말인가?

풍서가 말했다.

"인간들이여, 한 가지 제안을 하겠다."

"무엇입니까?"

"우리는 괴령을 처치한 너희들을 위한 보상을 준비했다. 하지만 아주 약소한 것이지. 인간 입장에서는 보물이라고 할 수 있겠지만, 괴령이라는 재앙을 처치한 것에 대한 보상이라고 하기에는 많이 약소하다. 아무래도 괴령에 대한 것은 운룡족의 영역에서 벌어진 일이기 때문에 우리가 줄 수 있는 것에는 한계가 있구나."

그 말에 형운은 진조족에게 받았던 팔찌를 떠올렸다. 아마 풍혼족이 준비했다는 상도 비슷한 수준이 아닐까?

풍서가 말을 이었다.

"하지만 나는 너희들의 공로에 대한 포상을 그 정도로 끝내고 싶지 않다. 그래서 신수 풍혼아의 일족으로서 시련을 준비했노라."

"시련이라고요?"

형운이 의아해하며 묻자 풍서가 고개를 끄덕였다.

"그렇다. 인간의 운명과 우리의 운명의 교차점에서 발생한 시련이다. 이 시련을 이겨낸다면 너희들은 아주 큰 포상을 받을 수 있을 것이다. 그러니 정하거라. 시련을 받아들일 것인지 거부할 것인지."

"거부하겠습니다."

"역시 그럴 줄 알았… 뭐?"

형운의 대답에 고개를 끄덕이던 풍서가 눈을 휘둥그레 떴다. 그는 설마 형운이 거부할 줄은 상상도 못 했다는 듯 충격받은 얼굴로 물었다.

"어째서냐? 정말 굉장한 포상이 기다리고 있다. 인간인 그대들에게는 천고의 기연이란 말이다. 이런 기회를 얻는 것조차 쉬운 일이 아니거늘!"

"풍혼족의 시련이라면 만만치 않은 일이겠지요? 분명 목숨을 걸어야 할 것입니다. 그렇지 않습니까?"

"그야 그렇지. 아니라면 굳이 시련이라고 부를 이유도 없지 않겠느냐?"

"전 책임진 일이 있고, 이끄는 사람들이 있는 입장입니다. 사사로운 이익을 위해서 목숨을 걸 수 없습니다."

형운은 논리정연하게 거절했다.

풍혼족이 줄 거창한 포상이 탐나지 않냐고 하면 거짓말이다. 운룡족에게 받았던 것과 동등한 수준만 된다고 하더라도 여벌의 목숨을 얻는 것이나 마찬가지이리라.

'하지만 여벌의 목숨을 얻겠다고 목숨을 거는 것도 웃기는 일이잖아?'

게다가 형운은 이미 신수의 일족과 얽혀서 많은 일들을 겪었다. 그들에게 적의를 느끼는 것은 아니지만 별로 호의를 갖지도 않았다.

'말하는 걸 보니 분명 자기들한테도 곤란한, 인간의 손으로만 해결할 수 있는데 그럴 인간을 찾기도 어려운 문제일 텐데 뭐 선심 쓰듯이 말한담? 제발 해결해 달라고 간청해도 모자랄 판인데 누가 신수의 일족 아니랄까 봐 콧대만 높아서는.'

이미 신수의 일족에 대한 경외감은 전혀 남지 않았기에 그저 시큰둥했다.

"그, 그렇다면 강요할 수는 없겠다만……."

예상 밖의 상황에 당황한 풍서가 오량을 바라보았다.

흔들림 없는 형운과 달리 오량은 꽤나 고민하는 모습이었다. 그는 형운처럼 일행을 책임진 몸도 아니고, 기연이 아쉽지 않은 몸도 아니다. 목숨을 걸고서라도 큰 보상을 얻을 수 있다면 어찌 욕심이 나지 않을까?

형운은 그를 말릴까 말까 고민하다가 그만두었다. 자기에게 필요 없다고 해서 오량의 기회까지 가로막는 것은 올바른 일이 아니라는 생각이 들어서였다.

긴 고민 끝에 오량이 한숨을 쉬었다.

"기회를 주셔서 감사합니다만 저도 거부하겠습니다."

"어째서인가?"

"이미 제가 할 말은 형운이 다 했습니다."

"그건 거짓말이구나."

풍서가 눈살을 찌푸리며 단정 지었다. 움찔한 오량이 한 가지 사실을 떠올렸다.

'아, 거짓말 안 통하지.'

신수의 일족에게는 거짓말을 할 수 없다.

뒤늦게 그 사실을 떠올린 그가 진짜 이유를 말했다.

"솔직히 말해서 보상은 탐납니다. 하지만 목숨을 걸고 얻고 싶을 정도는 아닙니다."

"으음. 욕심이 없는 자로구나. 애써 준비한 것들이 헛수고였다."

혀를 차는 풍서를 보면서 오량이 쓴웃음을 지었다.

'그 정도로 내 목숨값이 싸구려는 아니지.'

그에게 말한 이유도 거짓은 아니다. 하지만 그보다 더 큰 이유가 있었다.

괴령 건으로 오량이 운룡족에게 받은 포상은 일월성단이었다. 지금의 그에게 있어서 일월성단과 비슷한 수준의 보상이라면 목숨을 걸어가면서까지 시련에 도전할 동기로는 부족하다.

풍오가 웃음을 터뜨렸다.

"하하하. 숙부님, 그래서 제가 말씀드렸잖습니까? 그냥 정해진 것만 하자고."

"시끄럽다. 설마 이 정도로 욕심이 없는 이들일 줄 누가 알았느냐."

"그렇긴 하군요. 그럼⋯⋯."

풍오는 애써 웃음을 참는 얼굴로 형운과 오량을 위해 준비한 보상을 꺼냈다.

그것은 아무런 장식도 없는 천 허리띠로 보였지만 검기로도 끊을 수 없을 정도로 질겼으며, 독기를 막아주고 물속에서도 숨을 쉴 수 있게 해주는 보물이었다.

'나한테는 별로 쓸모가 없군. 하지만 있어서 나쁠 것은 없지.'

형운이 만독불침인 것은 어디까지나 신체 기능이 멀쩡할 때의 이야기다. 중상을 입고 진기 흐름에 문제가 생긴 상황이라면 이 보물이 유용할 것이다.

"그럼 여정이 순탄하길 빌겠습니다."

풍혼족들은 형운과 오량을 다시 풍정으로 옮겨주고는 떠나갔다.

제115장
기다리는 자들

성운을 먹는자

1

"선풍권룡이 풍령국에 들어왔다."

좁은 방, 작은 탁자 위에 놓인 호롱불이 흔들리며 주변을 밝히고 있었다.

그곳에 세 사람이 모여서 대화를 나누고 있었다.

"시기가 별로 안 좋군. 이대로 윤극성으로 가게 놔둬도 되나?"

"계략을 써서 일정을 지체시킬 수야 있겠지만, 그래봤자 얼마 못 늦출 것 같군. 놈들의 전력은 어느 정도지?"

"별의 수호자의 정예가 모여 있는 것이 확인되었습니다. 놈들과 윤극성 사이의 거래 내용이 거래 내용이라 그런지 아무리 봐도 과잉 병력을 투입했더군요. 수는 50명 정도지만 하나같이 얕볼 수 없는 놈들인 데다, 아마 칠왕을 상대할 경우까지 상정한 장비를 갖추고 있을 겁니다."

"상부에서 지시하신 바는 없나?"

"정면충돌은 피하라는군요. 그냥 행보만 파악하든가 아니면 계책을 써서 발목을 붙잡아보는 정도만 하랍니다."

"역시 그런가. 재미없군. 혼살권의 명줄을 끊어준 애송이의 실력을 보고 싶었는데."

한 명이 혀를 차자 다른 이가 눈을 부라렸다.

"그런 반응이 나올 것 같으니 정면충돌하지 말라는 명령을 내리셨을 거라는 생각은 안 드나? 적을 얕보지 마라. 이쪽에 배치된 전력은 그리 많지 않다."

"얕볼 리가 있나? 어쨌든 이후의 일은 맡기도록 하지. 필요하면 부르도록."

그가 나가자 남은 이가 못마땅한 기색으로 말했다.

"칠왕이 된 지 얼마 되지도 않는 주제에 눈에 뵈는 게 없는 것 같군."

"하지만 실력은 대단합니다."

"잘 아는가 보군."

"저희 지역에서는 유명했습니다. 진즉에 칠왕에 오를 실력이었지만 어떻게든 자신을 패배시킨 성(聖) 유단을 꺾고 오르겠다고 10년간이나 도전 기회를 기다려 오셨으니까요."

낙성산의 전투에서 전사한 혼살권 유단은 광세천교의 성인으로 추대되어서 다들 존경을 담아 성(聖) 유단이라고 부르고 있었다. 일반인들이 보면 무슨 해괴망측한 소리인가 하겠지만 광세천교도들은 진지했다.

"그렇군. 하지만 멋대로 행동하는 것은 곤란하지. 혹시라도 사고를 치지 않도록 감시해 주게."

"알겠습니다."

2

별의 수호자 풍령국 본단의 최고 권력자는 수성(水星) 윤호현이었다.

그는 제자인 유명후가 일월성신을 이루면서 폭주했던 건으로 실각할 뻔했지만 여전히 그 자리를 유지하고 있었다. 하지만 그 일 이후로는 만사에 의욕을 잃은 채 그저 그 자리를 지킬 뿐이라는 평판이었다.

백건익이 말했다.

"평시라면 별문제가 안 되겠지만 요즘은 그래서 풍령국 쪽의 일들이 삐걱거린다고 하더군."

풍령국의 국내 상황은 어수선했다. 재작년에 벌어진 환마재해 때문이었다.

그때 죽어간 사람 수가 만 단위였고 풍마창 호준경을 비롯해서 풍령국의 권력 구도에서 큰 비중을 차지하던 인물들이 다수 죽어나갔다. 풍령국 군부의 혼란은 아직도 수습되지 못한 상태였다.

또한 환마 재해가 벌어졌던 위령성의 상황은 더욱 심각했다.

본래 그곳은 풍령국에서 두 번째로 생산량이 큰 곡창지대였다. 그런 곳이 환마 재해로 인해서 한 해 농사가 끝장난 것은 물론이고 주민들의 공백도 커진 것이다. 또한 환마 재해가 단발로 끝난 대신 요괴들이 들끓어서 치안도 엉망이 되었으니 그 여파가 전국을 뒤흔들었다.

이런 상황에서는 별의 수호자의 행보도 훨씬 조심스러워야 하는데, 수성이 의욕을 잃고 활동을 줄이다 보니 여기저기서 잡음이 끊이지 않았다. 무인들의 사망률만 해도 이전의 두 배 이상으로 늘어난 상황이다.

"현 수성인 윤호현이 풍령국 무인들의 지지를 받는 인물이라는 것이 장로회가 그를 경질시키지 않은 이유였지. 하지만 정작 본인이 의욕을 잃은 상황이다 보니 그가 은퇴하고 차기 수성이 정해지기까지는 그리 오랜 시간이 걸리지 않을 수도 있네."

백건익이 형운을 가리켰다.

"그리고 현시점에서 가장 유력한 후보자는 바로 자네일 걸세. 실현된다면 역대 최연소 오성이 되겠지."

"저보다는 백 대주님이나, 아니면 정 대주가 가능성이 높다고 봅니다만……."

형운은 겸양 반 진심 반으로 말했다.

무력으로만 따지자면 형운은 능히 오성의 일원이 될 만하다. 하지만 조직의 장이 된다는 것은 그저 무위가 높은 것만으로는 안 된다. 그만한 경륜이 있어야 했고 형운에게는 너무 젊다는 약점이 있었다.

그에 비해 백건익과 정무격은 무인으로서 높은 평가를 받는 것은 물론이고 각자 쌓아온 경력이 절정에 이른 인물들이다. 또한 배경까지 든든하기에 차기 오성 후보로 불리는 것이다.

백건익이 고개를 저었다.

"아니, 내 생각은 다르네. 요 근래 마교가 조용하긴 했지만 우리는 여전히 그들의 위협과 치열하게 싸우는 시대를 살고 있지. 하운국은 안정되어 있는 편이지만 위진국도, 풍령국도 혼란에서 벗어나지 못하고 있고. 이런 시대라면 다소 경륜이 부족하더라도 뛰어난 무위를 증명한 자네가 오성으로 추대될 가능성이 높다고 보네."

조직의 장이 되기 위해 필요한 조건은 개인의 무력만이 아니다. 그러나 위협이 큰 시기일수록 무력이 차지하는 비중이 커지며 지금은 바로 그런 시기다.

형운은 백건익의 지적을 반박할 수 없었다.

"음……."

"그리고 자네가 오성의 자리에 오를 경우 나와 정 대주가 노릴 만한 자리는 척마대주직이 되겠지."

"척마대주직을요? 아, 하긴……."

형운은 놀랐지만 곧 납득했다.

척마대는 성운검대처럼 장로회 직속의 조직이다. 창설 당시 워낙 복잡한 이해관계가 얽혔기에 그렇게 된 것이다. 만약 영성 휘하였다면 풍성의 제자인 마곡정이 부대주로 들어올 수 없었으리라.

정보부에서 형운의 명성을 활용해 보자는 의도로 창설한 척마대지만 현재까지의 실적은 최고였다. 워낙 임무의 위험도가 높아서 사망률이 높은데도 대기 중인 지원자가 끊이지 않을 정도로 인기가 높다.

이런 상황에서 형운이 오성이 되어 척마대주직이 공석이 된다면?

그렇다면 직급상으로는 형운과 동급으로 대주 소리를 듣는 백건익이나 정무격조차도 차기 오성 경쟁에서 이기기 위해 탐낼 수밖에 없는 자리가 되는 것이다.

'그럼 곡정이한테 대주직을 물려주기는 힘들겠군.'

형운은 속으로 혀를 찼다. 내심 자신이 척마대를 떠날 경우 마곡정이 뒤를 이어줬으면 했던 것이다. 그는 창설 때부터 부대주로 활동했고 명성으로 보나 실적으로 보나 척마대에서 가장 지지받는 인물이지만, 그럼에도 그가 척마대주가 되기에는 그 자리의 가치가 너무 높아져 있었다.

백건익이 말했다.

"어쨌든 그런 만큼 슬슬 이후를 생각해 두는 게 좋네. 만약 수성이 된다면 어떻게 할 것인가에 대해서 말이지."

"솔직히 현실감이 안 느껴지지만……."

형운이 머리를 긁적였다.

"만약 그렇게 된다고 가정한다면 저는 풍령국 본단으로 발령 나겠지요."

"아니, 그렇지 않을 걸세."

"네?"

"자네가 수성이 된다면 아마 총단에 남을 걸세. 그리고 지성을 풍령국으로 보내겠지."

"어째서입니까?"

형운이 의아해했다.

오성 중 누가 총단에 남고 위진국과 풍령국에 갈지는 정해져 있지 않다. 형운이 별의 수호자에 들어온 후로는 죽 고정되어 있었지만 역사적으로 보면 새로운 오성이 취임할 때마다 달라졌다.

하지만 그렇다고 형운을 총단에 두고 지성을 풍령국으로 보낼 이유가 있을까?

"이유는 세 가지가 있네."

백건익이 손가락 세 개를 펼쳤다.

"첫 번째 이유는 자네가 수성이 될 경우, 자네는 역대 최연소 오성이며 또한 오성으로서는 새내기라는 점일세. 풍령국 쪽의 별의 군세를 총괄하는 역할을 맡기려면 아무래도 연륜이 중시되지 않겠나? 총단에 머무른다면 연륜이 부족하더라도 다른 두 오성이 그 부족함을 메꿔주겠지만 외국으로 발령날 때는 그렇게 안 되지. 화성 하성지도 위진국 본단을 책임지게 된 것은 총단에서 3년간 활동한 후였다네."

"아, 그건 그렇겠군요."

"두 번째 이유는 장로회가 자네가 외국에 부임하는 것을 탐탁지 않게 여길 거라는 점일세. 일월성신인 자네가 총단에 있음으로 인해서 연구 목적으로 얻는 이득을 생각하면 아무래도 총단에 두고 싶겠지."

그 또한 납득할 수 있는 이유였다. 백건익이 마지막 이유를 말했다.

"그리고 세 번째 이유는 운 장로 일파의 의중인데, 그들 입장에서는 총단 안에서의 영향력도 중요하지만 풍령국 본단에 대한 장악력도 중요하다네. 화성이 위진국 조직을 장악하고 독자 노선을 걷고 있는 데 비해 수성은 풍령국의 조직을 움직이는 데 있어서 총단의 의지를 벗어나려고 하지 않았지. 그런데 반대파인 자네가 그 자리를 차지하는 게 낫겠나, 아니면 확실하게 자기들의 일원인 지성에게 주는 게 낫겠나?"

"확실히……."

형운이 고개를 끄덕였다.

죽 총단 소속이었던 형운 입장에서는 반길 만한 일이다. 그런 한편 운 장로 일파가 풍령국 본단에 대해서 강력한 장악력을 지니게 된다는 점은 우려되었다.

'내가 수성이 되어서 풍령국에 부임할 경우에는 할 수 있는 일이 많지. 풍령국 본단만이 아니라 전국적으로 무룡원을 개설하고, 척마대도 신설하고, 인재육성계획의 영향력을 줄이는 식으로 전면적인 개혁을 해나갈 수 있을 테니까.'

물론 그 일을 추진하는 데 있어서 많은 갈등을 빚겠지만, 그럼에도 가능하다는 점이 중요하다.

백건익이 어깨를 으쓱했다.

"그럼 이야기는 이쯤 해두고, 잠시 가볍게 땀이나 흘려보지 않겠나?"

"그러지요."

형운은 씩 웃으며 기대감으로 눈을 반짝반짝 빛내는 그와 숙소 마당에서 한바탕 대련을 벌였다.

3

형운 일행의 여정은 풍정이 속한 지호성을 떠날 때까지 보름간 순조롭게 이어졌다.

문제는 지호성에서 윤극성으로 가기 위해서는 위령성을 지나야 한다는 것이다. 장로회가 이번 여정에 다소 과할 정도로 강한 전력을 투입한 이유가 여기에 있었다.

재작년 환마 재해 이후 위령성은 혼란의 중심지였다. 주민들이 모두 떠나간 유령 마을이 한두 곳이 아니었고 각지에서 흉흉한 일들이 끊이지 않았다.

아직 풍령국 황실은 이 혼란을 수습하지 못했다. 아니, 위령성의 혼란을 수습하기는커녕 외부로 퍼져 나간 여파조차도 정리하지 못한 상태였다.

이런 상황이다 보니 위령성을 지나지 않고 멀리 돌아가는 것도 고려되었지만 그래서는 도저히 일정을 맞출 방법이 없었다.

위령성을 비스듬히 가로질러서 인접한 가두성으로, 그리고 가두성에서 최단 거리로 북상해서 윤극성으로 가는 것이 계획된 여로였다.

"정보의 반이 추정이야. 이게 풍령국 정보부가 잘 안 돌아가서 그런 건지 아니면 정보를 얻을 방법이 없어서인지……."

당연히 이 여정을 무사히 끝내기 위해서 풍령국의 별의 수호자 조직도 일행을 지원해 주었다.

하지만 지부에서 보고서를 받아 본 형운의 표정은 어두웠다. 위령성의 상황에 대한 것 중 정확한 정보는 별로 없고 소문이나 추측이 너무 많았기 때문이다.

함께 보고서를 검토하던 서하령이 말했다.

"그만큼 위령성의 치안이 무너져 있다는 뜻이겠지. 요괴뿐만 아니라 마인들도 꽤나 활개치고 다니는 모양이고."

확실한 정보는 아직까지 치안이 건재한 소도시 이상의 지역에 국한되었다. 그만큼 그 외의 지역의 위험도가 크다는 의미일 것이다.

"하지만 우리가 그렇게까지 걱정할 것은 없다고 봐."

"그렇기는 하지만······."

확실히 그 말이 옳다. 치안이 무너졌다고 해도 그곳에서 마주할 만한 위협은 한정되어 있으니까.

일행이 국경 지대에서 격파한 적들만 해도 그렇다. 일행은 어린애 손목 비틀듯이 쉽게 해치웠지만 일반적인 호위 병력을 거느린 상단이었다면 생존을 장담할 수 없었을 것이다.

"그래도 이 정도로 정보가 부실하니 마음이 편치 않네. 내가 확실히 이런 면에서는 너무 편하게 살았구나. 뭐 그래도 곧 수성께서도 합류하신다고 하니······."

일정상 위령성에 진입하기 전에 수성 윤호현이 풍령국 본단의 무인들을 이끌고 합류하기로 되어 있었다. 그렇게 되면 한결 부담을 덜 수 있으리라.

하지만 일이라는 게 늘 계획한 대로 척척 풀리지는 않는 법이다.

4

"방순혁이라고 하오. 여러분을 윤극성까지 호위하라는 명령을 받고 왔소."

수성은 형운 일행을 찾아오지 않았다.

대신 수성의 신임을 받는 방순혁이 이끄는 30여 명의 무인이 왔다.

"수성께서는 왜 안 오신 겁니까?"

자기소개를 마친 뒤 형운이 의아해하며 묻자 방순혁이 눈살을 찌푸렸다.

눈이 작고 얼굴이 거뭇거뭇한 그는 형운보다 열 살은 많아 보였다. 키가 작아서 6척(약 180센티미터)을 넘는 장신인 형운의 턱까지밖에 안 올 정도였으며 체격은 땅딸막해 보였다. 하지만 옷 위로도 알아볼 수 있을 정도로 전신이 두꺼운 근육으로 채워져 있어서 위압감이 느껴졌다.

"급한 일이 생기셔서 좀 늦게 되었소. 가두성에서 합류하실 거요."

"음……."

"그분에 비하면 부족해 보이겠지만 임무는 확실하게 수행할 것이오. 이 나라 상황이 혼란스러운 지금 난화육검(亂花六劍) 중 둘을 이 임무에 투입하는 것은 아무리 장로회의 명령이 있더라도 무리한 것임을 알아줬으면 좋겠군."

"아, 여러분의 성의를 의심하는 것은 아니었습니다. 와주셔서 감사합니다."

방순혁이 노골적으로 못마땅한 기색을 드러내자 형운이 급히 사과했다.

난화육검이란 풍령국 본단에서 수성 직속의 여섯 무인 조직의 대주들을 아울러 부르는 이름이다. 별의 수호자 풍령국 조직에서는 최강이라고 할 수 있는 이들 중 둘이 왔는데 형운이 대뜸 수성부터 찾았으니 기분이 상할 만도 했다.

형운이 말했다.

"그럼 계획한 대로 내일 위령성으로 진입해야겠군요. 혹시 저희에게 보낸 것 외에 추가적으로 파악한 정보가 있습니까?"

"한 가지 있소. 동부에서 모습을 드러냈던 사혈검마(死血劍魔)가 위령성으로 들어간 것으로 추정된다는군."

"사혈검마?"

"알고 있겠지만 풍령국에는 사겁명(四怯名)이라 불리는 존재가 있소. 그중 하나지. 재작년 위령성 환마 재해 이후로 살판난 듯 미쳐 날뛰고 있는 중이라오."

물론 형운도 미리 공부를 해둬서 알고 있었다. 사겁명은 하운국의 사대마나 위진국의 오흉마 같은 존재였다.

형운이 물었다.

"위험성은 어느 정도입니까?"

"사혈검마의 경우는 대단히 위험하오. 사령인이며 심상경의 고수이기도 하지."

"심상경의 고수라고요?"

형운이 놀랐다.

위진국 오흉마 중에 하나, 그리고 하운국 사대마 중 셋을 상대해 봤지만 그들 중 심상경의 고수는 없었다. 그들도 인간성을 버리는 대가로 심상경의 고수조차도 쉽게 대적할 수 없는 힘을 갖긴 했지만…….

'아니, 정보대로라면 위진국 오흉마 중에도 심상경의 고수가 있었지. 그렇게까지 놀랄 일은 아니긴 하군.'

형운은 곧바로 이전에 받았던 정보를 떠올리고는 놀람을 가라앉혔다.

생각해 보면 예전에 북방 설원에서 한서우에게 죽은 흑영신교의 이십사흑영수, 흑혈마검 진건 역시 행방이 묘연해지기 전까지는 사겁명의 한 자리를 차지하고 있던 인물이다. 그의 빈자리를 채운 인물 중에 심상경의 고수가 있다고 한들 놀랄 일은 아닐 것이다.

방순혁이 말했다.

"그렇소. 이건 확실한 정보요. 내 스승님과 싸운 적도 있기 때문이지. 그때는 짧은 전투 끝에 도망쳤지만…….."

"대단히 위험한 자로군요."

"놈 자신만 해도 무섭지만 혼자 다니지 않고 협력하는 마수들, 그리고 사술로 심령을 제압한 마인들을 데리고 다니는데 이들의 전투력도 대단히 출중하오. 금룡상단이 이를 갈면서 엄청난 현상금을 걸었는데도 아직까지 안 잡혔다고 하면 어느 정도인지 짐작이 가오?"

"음……!"

형운이 신음했다. 그 정도면 확실히 위험하다. 형운 자신이라고 해도 승산을 장담할 수 없을 것이다.

"이 정보를 출발 전에 입수했기 때문에 우리는 대응 장비를 갖추고 왔소. 사령술에 대해서는 우리가 나을 것이오."

"알겠습니다. 그리고 위령성에서는 길잡이 역할을 맡아주실 수 있겠습니까?"

"우리가 온 것이 그러기 위해서요. 맡겨주시오."

방순혁이 자신 있게 고개를 끄덕였다.

5

인적이 없는 숲속을 한 사람이 걷고 있었다.

괴상한 차림새를 한 중년 남자였다. 지형이 험한 숲속을 걷고 있는데도 헐렁한 옷차림에 눈을 감고 있었으며 심지어 맨발이었다. 드문드문 눈과 얼음이 보이는 숲속에서는 얼어 죽기 딱 좋은 차림새인데 정작 본인은 전혀 그럴 기미가 없다.

"혈산군이라면 말이 좀 통했을 텐데, 절혼광도 그놈은 꽉 막혔어. 쯧쯧. 감시까지 붙이다니."

남자는 광세천교 칠왕 중 한 명인 혈산군을 존대도, 적대도 없이 부르고 있었다.

—성실한 거겠지.

숲의 그림자에서 스산한 목소리가 들려왔다.

"그놈 편드는 거냐?"

—성실하다는 말과 재미없다는 말은 동의어라는 거 모르 나?

"하하하."

—무엇보다 교의 대적을 없앨 수 있는 절호의 기회에 미적 지근한 수작이나 구상하고 있다니 글러먹었어. 뭘 해야 하는 지 알려주는 게 우리의 역할이 아니겠나.

"알려준다라. 계책이 있나?"

—이미 진행했다.

"음? 언제?"

—이두(二頭)로 하여금 흑살귀를, 삼두(三頭)에게는 사혈검 마를 부르게 했지.

"호오. 왜 내게 말을 안 했지?"

—그래야 네게는 책임이 없다고 둘러댈 수 있을 테니까. 광 무령, 너도 칠왕이 되었으니 정치적 처세라는 것을 좀 고려해 야 하지 않겠나?

"너는 어쩌고?"

—흥. 교의 수호마수인 내가 칠왕의 열망을 지원하고자 일을 추진했다는데 뭐 어쩔 건가? 해봤자 마계로 송환시키는 정도일 텐데 그러느니 차라리 다른 일로 회복하라고 일을 맡길 것이고…….

"그리고 기왕 벌인 일, 성과를 내버리면 더 할 말이 없겠지."

—잘 아는군.

"하여간 너는 정말 제멋대로야."

—싫은가?

"에이, 내 마음 잘 알면서 그러나."

사내는 즐겁게 웃었다.

그의 이름은 광무령(光武令), 죽은 혼살권 유단의 뒤를 이어 광세천교의 칠왕 자리에 오른 자였다.

6

위령성에 들어선 일행은 빠르게 움직였다.

지호성과의 접경지대에서는 아무 일도 없었지만 위령성 안에는 어떤 위험이 도사리고 있을지 모른다. 항상 주의를 기울여야 할 필요가 있었다.

"확실히……."

형운이 말했다.

"…요괴가 많군요."

위령성에 들어선 지 사흘째, 일행은 하나의 마을을 지났고 몇 번의 전투를 치렀다.

큰 전투는 아니었다. 지나가는 길에 멋모르고 가까이 오는, 지능이 떨어지는 요괴를 발견하면 격살할 뿐이었다.

일행에게는 앞을 가로막은 풀을 베어서 길을 만드는 것만 큼이나 손쉬운 과정이었다. 하지만 일반인이 느끼는 위협 수준은 전혀 다를 것이다.

백건익이 고개를 끄덕였다.

"사람들이 위축될 만도 하군."

사흘 만에 주민들이 다 떠난 유령 마을을 두 곳이나 지났다. 그곳에서 시귀가 일어나서 덤벼들기도 했다.

위령성에 들어서는 순간부터 완전히 다른 세계에 들어선 느낌이다. 지호성과 인접해 있는 곳의 상황이 이렇게 다를 수가 있을까?

방순혁이 한숨을 쉬었다.

"재작년의 환마 재해 이후로 수습이 안 되고 있소. 위령성을 떠나서 다른 곳으로 가다 죽는 사람들도 많고……."

풍령국 두 번째 곡창지대가 이런 난장판이 나다 보니 전국적으로 여파가 미쳤다. 아직은 위령성 외의 지역은 식량 문제를 실감하지 못하고 있지만 사태가 더 장기화되면 정말 문제가 심각해질 것이다.

"군부가 적극적으로 문제를 해결해 줘야 하는데, 재작년에 입은 피해가 너무 큰 데다 정치적으로 싸우느라 여념이 없으니… 한심한 노릇이지."

방순혁은 못마땅한 기색을 노골적으로 드러냈다.

풍마창 호준경도 재작년에 입은 부상으로 인해서 결국 사망했고, 그의 후계자로 떠올랐던 북풍검군까지 전사해 버리자 풍령국 군부는 사분오열되었다. 하나로 뭉쳐서 위령성 문제를 해결해도 모자랄 판인데 주도권 잡겠다고 아웅다웅하고 있으니 사태는 계속 악화될 수밖에 없다.

슬슬 해가 서녘으로 저물어갈 무렵이었다.

우우우우웅……!

갑자기 방순혁 일행의 몸속에서 일제히 진동음이 울렸다.

"모두 전투 준비!"

방순혁이 신속히 반응했다.

형운도 그 의미를 알고 있었다. 사혈검마의 소식을 들은 방순혁 일행이 특별히 준비한, 사령의 기운에 민감하게 반응하는 탐지기였다.

일행 모두 순식간에 전투태세를 갖추고 주변을 살폈다.

"……."

하지만 아무런 일도 일어나지 않는다.

방순혁 일행이 가져온 사령 탐지기는 계속 진동하고 있는

데 반각이 지나도록 주변에 아무런 기척도 없었다.

다들 조금씩 긴장이 풀어지고 대신 짜증이 그 자리를 메웠다.

'우리를 보는 시선이 존재하지 않아. 어떻게 된 거지?'

형운은 의아해했다. 아무런 시선도 느껴지지 않았기 때문이다.

정무격이 못마땅한 기색으로 물었다.

"오작동 아니오?"

"그럴 리가 없소. 오작동이라면 한두 개만 반응하지 이렇게 모두가 반응할 리가 없지."

"하지만 아무 일도 없잖소. 우리의 기감으로도, 탐지 술법으로도 아무것도 포착하지 못했는데?"

"그건……."

정무격이 노골적으로 비난의 기색을 드러내자 방순혁 역시 인상을 찌푸렸다. 둘의 분위기가 험악해질 때였다.

"탐지기가 지나치게 민감했던 것 아닐까요?"

서하령이 몸을 낮춰서 바닥을 훑으며 말했다.

방순혁이 물었다.

"무슨 뜻이오?"

"여기에 남은 희미한 잔향조차도 잡아낼 정도로 민감하게 만들어졌다는 뜻이지요. 곡정아."

"응? 왜?"

그녀가 자신을 부르자 마곡정이 의아해하며 다가왔다. 서하령이 한쪽을 가리키며 말했다.

"사령의 잔향을 포착할 수 있겠지? 냄새가 나는 것 같은데 워낙 희미해서 확신을 못 하겠어."

"누굴 개로 알아? 난 청안설표의 일족이지 개 영수의 일족이 아니거든?"

마곡정은 투덜거리면서도 얼굴을 지면에 낮춰서 냄새를 맡아보았다.

"아주 희미하지만 사령의 냄새가 저쪽으로 이어져 있군. 누나 말이 맞네."

"잠깐."

방순혁이 어이없다는 듯 나섰다.

"사령의 냄새를 맡다니 그게 무슨 소리요? 그걸 냄새로 알수 있소?"

"세상에는 오감 중 일부를 기감으로 활용할 수 있는 사람들이 있답니다. 곡정이는 영수 청안설표의 후예라 그런 능력을 지녔고."

"아무리 그래도 그렇지……."

"그럼 방 대주님네 탐지기가 오작동을 했다는 건가요?"

"……."

방순혁은 할 말이 없어졌다.

마곡정이 투덜거렸다.

"나도 개 흉내 내고 싶지 않습니다. 못 믿으실 거면 그냥 그쪽 탐지기가 고장 났다고 인정하시든가 아니면 주변을 정찰해서 증거를 잡아 오시죠."

"으음. 미, 믿겠소."

방순혁은 여전히 반신반의하는 기색이었지만 마곡정의 능력을 부정하는 것보다는 인정하는 쪽이 입장상 나으니 어쩔 수가 없었다.

잠자코 있던 형운이 말했다.

"그럼 주변을 경계하면서 나아가 보도록 하지요. 그저 사령인이 지나갔을 뿐일 수도 있지만 우리를 공격하려고 기다리고 있는 것일 수도 있으니 술사 여러분은 탐지 술법을 계속 펼쳐주시길."

그렇게 나아가던 일행은 언덕 너머로 마을 하나를 발견했다.

우우우우웅……!

그 마을에 다가가면 다가갈수록 풍령국 본단 무인들의 탐지기가 강하게 진동했다.

누군가 말했다.

"여기도 유령 마을이 되었나?"

해가 저물어가고 있는데도 마을에는 불빛이 하나도 없었다. 슬슬 집집마다 불을 켜고 굴뚝에서 연기가 올라와야 하는 시각인데 전혀 그런 모습이 안 보이니 유령 마을이라고 생각할 수밖에.

마곡정이 말했다.

"확실히 마을로 갈수록 사령의 냄새가 강해지는 걸로 봐서는 들어간 지 얼마 안 된 것 같은데……."

"어떻게 할 건가?"

정무격이 형운을 바라보며 물었다.

정체불명의 사령인이 있는 유령 마을로 들어갈 것인가, 아니면 후퇴해서 우회할 것인가를 묻고 있는 것이다.

죄 없는 사람들을 먹잇감으로 여기는 사령인을 피해서 우회한다니, 어떻게 그럴 수 있을까 싶지만 형운은 지금 척마대를 이끌고 있는 것이 아니다. 장로회에서 맡긴 중요한 상행을 진행 중이니만큼 피할 수 있는 전투를 피하지 않아서 일행에게 위험을 감수하게 만드는 것은 옳지 않다.

그때 마곡정이 불어오는 바람의 냄새를 맡더니 표정을 굳혔다.

"피 냄새가 나."

"뭐?"

"사람의 피 냄새야. 그것도 한둘이 아닌데? 냄새로 봐서는 얼마 안 됐어. 너는 모르겠어?"

"아……."

형운도 후각에 집중해 보니 희미한 피 냄새를 맡을 수 있었다.

그렇다는 것은 유령 마을로 보이는 저곳에서 다수의 사람이 피를 흘리며 죽었다는 뜻이다. 그것도 100장(약 300미터) 떨어진 곳까지 바람이 피 냄새를 실어 나를 수 있을 정도로 가까운 과거에.

　형운이 표정을 굳혔다.

　"진입합니다. 모두 전투준비."

　"수작이 있을 가능성이 큰데 굳이 들어가야겠나? 만약 우리를 표적으로 설정한 함정이라면 물러나서 우회하는 것이 옳다고 보네."

　정무격의 반대에 형운이 대꾸했다.

　"하지만 생존자가 있을 경우를 상정해야 합니다."

　"생존자가 없을 수도 있지. 그런 가능성 때문에 함정에 걸어 들어가는 것은 현명하지 못하다고 보네."

　"알겠습니다. 백 대주, 지휘를 맡기겠습니다."

　"어쩔 생각인가?"

　다들 의아함을 감추지 못했다.

　형운이 말했다.

　"저 혼자 마을로 진입해서 정찰하겠습니다. 만약의 경우 제가 미끼가 되는 걸로 정해두고, 여러분은 상황을 보다가……."

　"말도 안 되는 소리! 그런 무모한 계획이 어디 있소? 저 사령인이 어중이떠중이라면 모를까, 사혈검마라면 죽음 속으로 기어들어 가는 짓이오."

방순혁이 어이없어했다.

하지만 형운은 단호했다.

"그럴 경우에도 몸 하나 빼낼 자신은 있습니다."

"허! 아무리 당신이 책임자라도 이런 말도 안 되는 억지는 받아들일 수 없소."

"흠……."

형운이 눈살을 찌푸렸다.

'이걸 어떻게 설득하지?'

일월성신의 눈이 마을의 상황을 파악했다.

마을 사람들은 몰살당했다.

이미 저곳에는 평범한 인간의 생기는 없고 사령의 기운만이 가득하다.

저곳에는 사혈검마라고 해도 이상하지 않을 정도로 강대한 기운을 지닌 사령인이 있으며, 마을 주루 건물 3층에서 창문을 통해서 일행을 보고 있다.

또한 마을 전역에 펼쳐진 기환진이 외부에서 내부의 기운을 파악하기 어렵게 만들고 있다. 아마 일행이 들어서면 활성화되는 함정도 준비되어 있지 않을까?

'사혈검마인지 아닌지 모르겠지만… 반드시 잡아 죽인다.'

형운은 분노로 머리털이 거꾸로 치솟을 것 같았다.

이성적으로 판단하면 정무격의 말이 옳았다. 사령술사가 자신들을 맞이할 준비를 갖춘 곳으로 들어가서 싸우기보다는 물러나서 그의 준비를 무용지물로 만드는 것이 이익이다.

하지만 형운은 도저히 그럴 수가 없었다.

필시 상대는 이런 일을 한두 번 해본 놈이 아닐 것이다. 여기서 물러나서 우회한다면 또 다른 곳에서 같은 비극이 반복되지 않을까?

'젠장.'

개인의 입장과 일행을 이끄는 책임자로서의 입장이 충돌했다.

'사부님……'

형운은 새삼 귀혁이 굳이 폭풍권호라는 이중 신분을 만든 이유를 절감할 수밖에 없었다.

그의 결단을 도와준 것은 적이었다.

아아아아아악……!

끔찍한 비명 소리가 울려 퍼졌다.

그리고 마을 곳곳에서 기괴한 존재들이 일어나기 시작했다. 인간을 삐죽삐죽하게 왜곡시킨 것 같은 윤곽을 지닌 어둠의 괴물들이 붉은 눈동자를 빛내면서 시체들을 들고 나온다.

"마령귀."

사령술로 마계의 기운을 퍼 올려서 만든 괴물이었다.

키키키킥, 키키킥……!

사악한 웃음소리가 울리며 어린아이의 주검이 그들이 든 칼에 꼬치 꿰어져서 하늘로 들어 올려졌다.

아아아악………!

주검이 비명을 지른다.

아니, 정확히는 주검은 그대로고 거기에 투영된 허상 같은 빛이 비명을 지르고 있었다.

"맙소사……."

그 의미를 깨달은 것은 기환술사들이었다.

"죽은 자들의 영혼을 고문하다니……."

죽은 자를 살해한 것으로도 모자라서 그 영혼을 빠져나가지 못하도록 가둬두고 고문하고 있는 것이다. 고통받은 그들의 영혼이 사령으로 변화하도록!

"……!"

형운은 더 참지 못했다.

분노로 눈이 새빨개져서 다른 이들이 미처 말릴 새도 없이 땅을 박차고 마을을 향해 돌진했다.

"척마대주! 멈춰!"

정무격이 외쳤지만 형운은 무시했다.

백건익이 급히 외쳤다.

"전원 전투 준비!"

7

사혈검마는 의자를 싫어했다.

어린 시절부터 딱딱한 나무 의자가 엉덩이를 받치는 감촉을 끔찍하다고 생각했기 때문이다.

그렇다고 해서 그녀가 서 있는 것을 좋아하는 것은 아니다. 앉고는 싶고, 딱딱한 감촉은 싫은데 푹신한 좋은 의자가 없다면 어떻게 해야 할까?

그녀는 거기에 대한 해답을 갖고 있었다.

키기기기긱…….

다리를 꼬고 앉아서 검보랏빛을 띤 검을 닦고 있는 그녀의 엉덩이 밑에서 기괴한 소리가 흘러나왔다.

인간, 아니, 얼마 전까지만 해도 젊은 인간 여성이었던 시귀(尸鬼)가 네발로 기는 자세로 그녀의 의자 노릇을 하고 있었다.

"흠. 얘는 좀 별로네. 역시 걔가 더 몸이 부드러울 것 같았는데 좀 더 곱게 죽일걸."

사혈검마는 다리를 꼬고 턱을 괴고 앉은 채로 중얼거렸다.

사람을 보면 다른 것보다는 '의자로 갖고 싶은가 아닌가'를 따지기 시작한 지도 벌써 수십 년이 지난 그녀의 취향은 기괴하면서도 까다로웠다. 남성보다는 여성이, 너무 나이 들거나 어린 것보다는 젊은 것이 좋았다. 무엇보다 몸의 감촉이 좋은 것만으로는 안 된다. 얼굴도, 몸도 아름답지 않으면 안 되었다.

문득 허공에서 전음이 들려왔다.

─다행히 도발이 먹혔군.

"그러게. 실수했어."

─멍청한 짓이었다는 걸 인정하는 건가?

"인정은 하지. 근데 그렇게 내 신경 건드리는 거, 별로 신상에 안 좋다는 생각은 안 해봤어?"

사혈검마에게서 날카로운 살기가 뿜어져 나왔다. 그러자 전음의 주인이 물러났다.

─표현이 과했던 것은 사과하지.

"흐응. 어쨌거나 실책은 인정해. 죽이는 데 너무 열중해서 인질을 남겨두는 걸 깜빡하다니 하마터면 헛수고할 뻔했잖아?"

새하얀 가면을 쓰고 흑의로 전신을 두른 그녀에게서 불길한, 사령인 특유의 울림이 실린 목소리가 흘러나왔다.

"후훗. 광세천교 놈들에게 두고두고 비웃음당할 뻔했어. 과연 젊은 나이에 일존구객에 이름을 올릴 만한 협객님답게 협의가 넘쳐흘러서 다행⋯⋯."

거기까지 말하던 그녀가 흠칫 놀라며 몸을 일으켰다.

동시에 섬광이 폭발하며 그 자리를 날려 버렸다.

콰아아아앙⋯⋯!

형운이 마을에 진입하자마자 날린 기공파가 그녀가 있던

건물을 관통했다. 단 일격으로 3층이 통째로 박살 나서 흩어지고 연기가 피어오른다.

"…큰일 날 뻔했네? 어떻게 내가 있는 위치를 알았지?"

부서진 건물에서 모습을 드러낸 사혈검마가 당황했다. 술법으로 은신하고 있었는데 한눈에 위치를 간파당하다니? 사령들이 경고해 주지 않았다면 방어도 못 하고 직격당할 뻔했다.

키이이이이이!

섬뜩한 귀곡성이 울려 퍼졌다.

마령귀들이 꾸역꾸역 모여들고 있었다. 대지를 뚫고 솟아나면서 한 지점을 향해 돌진한다.

쫘아아아앙!

그러나 모이자마자 푸른 섬광이 폭발하며 그들을 일거에 날려 버린다.

콰콰콰콰콰쾅!

그리고 폭심지를 중심으로 섬광이 궁수들이 일제사격 하듯 쏘아져서 주변을 강타했다. 날아간 마령귀들 중에 일어나던 놈들, 그리고 새로 땅을 뚫고 올라오던 놈들이 저항조차 못 하게 싹 쓸린다.

말문이 막힐 정도로 압도적인 화력이었다. 무엇보다 단 한 사람의 힘이라는 점에서 그렇다.

'흠. 싸워볼까?'

하지만 그 광경을 보고도 사혈검마는 고민했다.

그녀는 스스로의 무공에 강한 자부심을 가졌다. 그녀가 사령인이 된 것은 이 마공을 익힌 선대들이 인간성에 집착해서는 궁극의 경지에 도달할 수 없다는 결론을 내려서일 뿐, 그저 목숨을 연명하고자 하는 비루한 목적으로 사령인이 된 것이 아니다.

이 마을은 이미 그녀의 영역이다. 마을 주민들을 몰살시키고 그들의 목숨을 제물 삼아서 요새화를 끝냈다. 이 안에서라면 설령 무상검존 나윤극이 온다고 해도 상대할 자신이 있었다.

그런 상황에서 형운을 보니 호승심이 일어난다.

'참으로 맛있어 보이는데……'

그리고 그 이상으로 탐욕이 일었다.

사령인인 그녀는 마인 중에서도 끔찍한 죄악의 산물이다. 처음에는 힘을 얻기 위해, 나중에는 생존을 위해 인간의 영육을 탐하게 되는 것은 사령인이나 일반 마인이나 마찬가지다. 그러나 사령인은 사령의 힘을 유지하기 위해서 보다 끔찍한 악행을 저질러야 했다.

형운을 도발할 때 마령귀를 움직여 한 짓이 바로 그것이다. 그저 인간을 죽여서 먹는 것이 아니라 고통을 줘서 죽임으로써, 때로는 죽은 뒤에 영혼을 고문하기까지 해서 사령으로 만들어 자신의 일부로 만들어온 것이다.

그런 그녀의 입장에서 볼 때 형운은 너무나도 먹음직스러운 먹잇감이다. 내공이 일천한 무인이 일월성단 같은 비약을 보는 기분이 바로 이렇지 않을까?

'아니, 그만두자.'

하지만 그녀는 애써 인내심을 발휘했다.

승산을 가늠해 봐서는 아니었다. 그저 자신이 이곳에 있는 목적을 떠올렸을 뿐이다.

'광세천교 놈들하고 척져서 좋을 건 없으니까. 이제 물러나서 받을 거나 받고 구경이나 해야지.'

그녀가 광세천교에서 받은 의뢰 내용에는 형운과 싸우는 것이 없다. 그녀는 어디까지나 무대를 만들어주는 역할이었다.

꽈광! 꽈아아아앙!

그녀는 연달아 날아드는 형운의 기공파를 요리조리 피하며 물러났다. 그것만으로도 마을이 풍비박산 나고 있었다.

하지만 그녀는 털끝 하나 상하지 않았다. 현란한 움직임으로 형운의 공격을 회피하는 한편, 요소요소에 준비해 둔 함정을 터뜨려서 추적을 늦췄다.

"거기 서!"

형운이 격노했다.

마을 곳곳에 술법의 함정이 준비되어 있어서 속도를 낼 수가 없었다. 가속해서 따라잡으려고 할 때마다 발목이 잡힌다.

"그러고 싶은 마음은 굴뚝같은데, 유감스럽게도 애송이 너와 싸우는 것은 내 일이 아니란다."

사혈검마가 조소하며 어깨를 으쓱하는 순간이었다.

순백의 섬광이 그녀를 관통했다.

"어……?"

한 박자 늦게 무슨 일이 벌어졌는지 깨달은 그녀가 경악했다.

'그 상황에서 무극의 권을 펼쳤어?'

형운이 무극의 권으로 그녀를 관통한 것이다.

"큭……!"

신음하는 그녀의 몸이 기화에 저항했다.

그녀 자신이 심상경의 고수일 뿐만 아니라 혹시나 모를 사태에 대비해 술법으로도 준비를 해두었다. 그녀의 품에서 인간의 목숨을 제물 삼아 만든 방어용 기물 하나가 쪼개지는 소리가 들렸다.

"날 방심시키기 위한 수작이었어? 애송이의 심계가 보통이 아니로구나!"

형운이 심상경의 고수라는 정보는 이미 알고 있었다. 그런데도 기습을 허용한 것은 자신이 이 마을에 구축한 기환진을 믿고 있었기 때문이다.

발동한 기환진이 심상경의 절예를 펼치기 어렵도록 압력을 가하고 있었던 것이다. 그런데 형운은 마치 그녀가 방심하길 기다렸다는 듯 무극의 권을 펼친 것이 아닌가?

투학!

사혈검마와 형운이 서로 반대편으로 튕겨 나갔다.

육화한 형운이 뒤에서 돌격해 오자 사혈검마가 반전하며 받아친 것이다. 형운은 재차 돌진하려고 했지만 그 순간 섬뜩한 예기가 엄습해 왔다.

샤아아아악!

시커먼 뭔가가 허공을 가르고 지나갔다.

'이건?!'

이번에는 형운이 경악했다.

사혈검마의 주변을 검은 액체가 휘감고 있었다. 온통 새카맣고 썩은 내가 나는 그 액체를 형운은 전에 본 적이 있었다.

"…흑혈마공(黑血魔功)?"

예전에 북방 설원에 있는 흑영신교의 비밀 연구 시설을 덮쳤을 때, 한서우와 싸워서 죽은 흑혈마검 진건을 통해서였다.

사혈검마가 즐거워했다.

"호오, 내 무공을 알아보다니 제법 안목이 있구나."

"흑혈마검 진건과는 무슨 관계지?"

"음? 내 사제를 아는 게냐?"

"……."

"그 녀석은 선풍검과 싸운 다음에 갑자기 신의 뜻을 영접했다면서 광신도가 되러 가버렸지. 그 후로는 다시 못 봐서 모르겠는데, 소식을 알고 있어?"

"알고 있다면 뭘 어쩔 거지?"

"알려주면 좋고 아니면 말고."

그녀는 어깨를 으쓱했다. 동시에 형운이 몸을 비틀며 뒤로 주먹을 날렸다.

퍼어엉!

은밀하게 뒤쪽에 배치되었다가 쏘아져 온 흑혈의 수류가 폭발하듯 비산했다.

투아아아앙!

흑혈의 수류가 한 방향만이 아니라 전 방향에서 시간 차로 날아들었다. 형운은 광풍혼을 휘감은 채 연타를 날려서 그 모든 것을 요격했다.

그러나 마지막 수류를 요격하는 순간 섬광의 궤적이 몸을 가르고 지나갔다.

'심검인가!'

사혈검마가 심검으로 형운을 베었던 것이다.

퍼어엉!

기화에 저항한 형운의 눈앞에서 흑혈이 비산했다.

"큭!"

그리고 사혈검마는 그 자리에 없었다. 형운이 주춤하는 짧은 시간 동안 자신의 몸을 안개로 바꾸더니 무서운 속도로 도주한 것이다.

"멈춰!"

그 뒤를 쫓던 형운이 흠칫했다.

사혈검마가 도주를 멈추고 마을 한 귀퉁이에 내려섰기 때문이다. 새하얀 가면 안쪽에서 그녀의 눈이 초승달처럼 휘어져서 웃고 있었다.

"의뢰는 완수했어."

그녀가 옆을 보며 말했다.

그곳에서 한 사람이 걸어왔다.

'위험해.'

형운의 표정이 굳었다. 자신이 유인당했다는 사실을 깨달았기 때문이다.

'8심 내공의 소유자가 둘인가.'

사혈검마의 내공은 흑혈마검 진건과 동등한 8심이었다.

그리고 지금 다가오는 남자의 내공 수위도 동일했다. 결코 얕볼 수 없는 강적이었다.

'젠장. 완전히 걸려들었다. 내가 어리석었어.'

형운은 자신이 저급한 도발에 말려들어서 함정에 빠졌음을 인정할 수밖에 없었다.

사혈검마를 쫓으며 전투를 벌이는 짧은 시간 동안 일행과 너무 멀리 떨어져 버렸다. 그리고 그사이⋯⋯.

─형운! 이쪽도 전투 중이다! 이놈들이 산 너머에 병력을 매복시켜 두고 있었어!

일행 역시 적의 공격을 받아서 전투를 시작했다.

형운은 진조족의 장신구로 마곡정, 서하령과 상황을 주고받으며 적을 살폈다.

남자가 말했다.

"약속한 대가는 저 위쪽에서 우리 교우가 지불할 거다."

"함정은 아니겠지?"

"위대한 광세천의 이름을 걸고, 너는 약속받은 대가를 받을 수 있을 것이다."

"이래서 당신들이 거래 상대로는 좋아. 깔끔하거든."

사혈검마는 키득거리며 그 자리를 떠났다. 형운은 쫓고 싶은 마음이 굴뚝같았지만 혼자 남은 남자가 숨 막힐 듯한 기세로 압박해 와서 섣불리 움직일 수가 없었다.

"흠. 깜짝 선물을 받은 기분이로군."

그렇게 말하는 남자의 행색은 기괴했다.

시선이 형운을 향하고 있는데도 눈꺼풀이 감겨 있다. 또한 행색도 괴이해서 아직 얼음이 얼 정도로 추운 날씨인데도 맨발인 데다 옷도 얇고 헐렁했다.

"선풍권룡 형운, 너를 만나길 고대했다."

"너는 누구냐?"

"나는 광무령이라고 한다."

남자가 만족스럽게 웃었다. 마치 맹수처럼 사나워 보이는 미소였다.

"네가 재수 없는 혼살권 유단의 명줄을 끊어준 덕분에 광세천교의 칠왕이 된 몸이지."

그의 몸에서 흘러나오는 기세가 폭발적으로 거세어지기 시작했다.

제116장
호승심

성운을 먹는 자

1

절혼광도(絶魂狂刀)는 형운에게 패해 죽은 폭염도 가한의
뒤를 이어서 칠왕의 자리에 오른 인물이었다.

흑영신교와 달리 광세천교에서 높은 지위에 오르는 것은
철저하게 실력과 실적으로 정해진다. 절혼광도는 원래는 칠
왕 바로 밑인 구영 중에 한 명이었으며, 칠왕의 공석을 두고
경쟁자들과 일곱 차례의 결투를 벌여 승리한 끝에 칠왕으로
인정받았다.

그런 만큼 그는 자기 실력에 대한 자부심이 대단했다.

하지만 그런 한편 그는 주제 파악도 하고 있었다.

자신은 아직 칠왕으로서는 신출내기다. 공석이 나서 이 자

리를 차지하기는 했지만 기존의 칠왕들과 어깨를 나란히 하려면 아직 시간이 더 필요하다. 그렇게 생각한 것이다.

그러나 최근 칠왕이 된 자들 중 절혼광도만큼 신중한 이가 없었다. 다들 당연히 자기 것이었어야 할 자리를 차지했다고 생각해서 제멋대로 굴었다.

"미쳐 버리겠군. 광무령 이 천둥벌거숭이 같은 놈이……!"

콰지지직!

부하의 보고를 듣고 격분한 그의 주변에 있던 물건들이 부서져 나갔다. 기파가 통제에서 벗어난 것만으로도 그렇게 된 것이다.

그 기파에 휘말린 부하가 휘청거리며 말했다.

"이, 일을 진행한 것은 삼두영사(參頭影蛇)님으로 보입니다."

"이놈이나 저놈이나!"

쾅!

격노한 절혼광도가 눈에서 붉은 광망을 쏟아내며 부서진 탁자를 걷어찼다. 폭음이 울리며 탁자가 벽을 뚫고 날아갔다.

"도대체 그런 놈이 뭐 예쁘다고 교의 수호마수가 지지자로 붙어서……."

삼두영사는 현계에서 활동 중인 광세천교의 수호마수 중 하나다. 그는 예전부터 광무령을 마음에 들어 해서 그와 어울렸고 그것은 절혼광도 입장에서는 부러울 정도로 큰 힘이 되었다.

두려움으로 몸을 떨던 부하가 애써 정신을 다잡고 물었다.

"…어떻게 할까요?"

"어떻게 하긴 어떻게 해! 지원을 갈 수밖에 없지! 내가 그 놈 목숨을 걱정해야 한다니 정말 통탄할 일이군!"

"하지만……."

부하가 절혼광도의 눈치를 보며 입을 열었다.

"보고를 보면 그렇게 상황이 나빠 보이지 않습니다. 사혈검마와 흑살귀를 써먹어서 선풍권룡과 일대일 상황을 만들었다고 하는데, 광무령 님이라면 승리하실 수 있을 것입니다."

"……."

절혼광도는 말없이 그를 바라보다가 한숨을 쉬었다.

'같은 구역 출신이라더니 아주 그냥 눈이 멀었군, 멀었어. 이런 놈을 부관이랍시고 두고 있었다니…….'

순간 살심이 치솟았다. 그 역시 인간의 피와 정기를 취하며 성장해 온 마인이기에 한번 화가 나면 인내심을 발휘하기 쉽지 않았다.

그럼에도 그가 살심을 억누르는 데 성공한 것이야말로 그가 교주로부터 풍령국 서부의 일들을 총괄하는 직책을 받은 이유이리라.

'치워 버리는 건 이 일이 끝나고 해도 충분하지. 시간이 아깝다.'

그는 곧 부하들을 데리고 서둘러 광무령이 있는 곳으로 향했다.

2

지휘권을 받은 백건익은 일행을 마을로 돌입시키지 않았다.

마을에서 어느 정도 거리를 유지하면서 우회, 기공파와 술법으로 기환진부터 깎아내리려고 했다. 적이 기환진을 펼쳤을 때의 정석적인 대응법이었고 일행에게는 그 일을 해내고도 남을 전력이 있었다.

하지만 상황은 그렇게 쉽게 돌아가지 않았다.

"양쪽에서 적이 접근 중! 40장(약 120미터) 안으로 들어왔습니다!"

탐지 술법에 또 다른 적의 움직임이 포착된 것이다.

다들 놀라면서도 신속하게 진형을 변형, 하운국 무인들과 풍령국 무인들이 서로 등을 맞대고 양쪽을 경계했다.

"크크크큭……!"

그리고 적들이 모습을 드러내었다. 눈이 흰자위도 없이 온통 검게 물든 50여 명의 마인들이었다.

방순혁이 신음했다.

"사혈검마의 부하들이오!"

사혈검마는 단신으로 활동하는 인물이 아니다. 협력하는 마수들도 있고 사술로 심령을 제압한 마인들도 데리고 다닌다.

"지난번에 사부님과 싸웠을 때 20명이 넘게 죽었는데 어느새 또 이만한 숫자를……."

방순혁은 기가 질렸다.

백건익이 의아해하며 말했다.

"하지만 수는 우리가 더 많소. 그리고 사혈검마라면 모를까, 그 떨거지라면 실력도 무서워할 정도는 아닐 것 같소만?"

"그게 문제가 아니오. 저놈들은 사혈검마가 육성한 제자 같은 게 아니라 강적을 상대할 때 철저하게 소모품으로 쓰는 것들이라는 게 문제지."

"음? 무슨 뜻이오?"

"즉 저놈들은 어중이떠중이 마인들을 사술로 제압한 뒤에 자살병대로 써먹는 것이란 말이오! 뒷일을 생각하지 않고 사술로 잠능을 모조리 격발시켜 놨을 것이오!"

그 말에 백건익도 표정을 굳혔다.

원래 마인들은 일반적인 무인들보다 내공과 신체 능력이 뛰어나다. 그런 자들을 잠능을 격발시킨 광전사로 만들었다면 아무리 수적으로 우위를 점했다고 하더라도 두려워해야 한다.

투두두두두두!

마인들이 접근해 오기도 전에 하늘에서 투명한 빛의 탄환이 비처럼 쏟아져 내렸다.

진기와 술법의 힘으로 진을 전개하고 있기에 쉽게 막아냈지만 폭발로 인해서 일순간 시야가 마비되었다.

"큭! 술사가 있었군!"

그리고 마인이 폭연을 뚫고 접근해서 검을 뿌렸다.

"크윽!"

전열에 서 있던 무인이 팔을 베여서 신음을 토했다.

예상 밖의 상황에 허를 찔리는 바람에 방어도 못 하고 당한 것일까?

아니었다.

"바닥에 뭔가가… 컥!"

그가 외치는 순간, 발밑에서 뭔가 시커먼 것이 솟구쳐서 그의 몸통을 때렸다.

파악!

그리고 그 틈을 타서 마인의 검이 그의 목을 관통했다.

―꽤 눈치가 빠른 놈들이군.

순간 두 가지 소리가 동시에 들렸다.

귀로는 쉬웃 하고 뱀이 혀를 날름거리는 소리가 들렸고, 머리로는 거기에 담긴 의념이 언어화되어 인식되었다.

백건익의 왼쪽 눈, 영수의 붉은 눈이 번뜩이며 적의 실체를 파악했다.

"마수다! 그림자에 동화되는 놈이니 모두 조심해!"

"아악!"

그러나 그가 경고하는 순간 반대편에서 풍령국 무인의 비명이 울렸다.

백건익이 경악했다.

"한 놈이 아니었나?"

―아니, 나는 하나다. 하나이며 셋이지. 어리석은 인간들 같으니.

그림자 마수가 쉿쉿거리며 고개를 쳐들었다.

세 곳에서 새카만 뱀의 윤곽이 드러나는데 그 모습이 기이하다. 밤의 그림자처럼 입체감이 느껴지지 않는, 윤곽만으로 존재하는 모습이었다.

일행들이 사혈검마의 부하 마인들과 전투를 벌이는 가운데, 그림자 뱀은 주변에 존재하는 음영들 속으로 녹아들며 한자리로 모여들었다. 그리고 하나로 뭉쳐서 머리 셋 달린 거대한 뱀의 모습으로 화했다.

백건익이 신음했다.

"삼두영사! 이건 광세천교의 수작이었나?"

―날 알아보다니 제법 안목이 있는 인간이로구나.

광세천교의 수호마수, 삼두영사의 비웃음에 백건익이 긴장했다.

'설마 광세천교도들도 근처에 매복해 있는 건가?'

그렇다면 최악이었다.

사실 지금 공격해 온 사혈검마의 부하들은 그렇게까지 큰 위험은 아니다. 삼두영사의 존재 때문에 초기에 피해를 입었지만 그뿐이고 일행은 빠르게 전열을 정비하며 그들을 하나둘씩 쓰러뜨려 나가기 시작했다.

하지만 삼두영사의 존재가 부담스러운 상황에서 광세천교도들이 공격해 온다면?

'위험하다.'

아직까지 광세천교도들의 존재는 감지되지 않았다. 그렇다면…….

'최대한 빨리 삼두영사를 배제해야 한다.'

가장 부담스러운 적을 빠르게 쓰러뜨리고 그다음을 대비해야 한다.

결단을 내린 백건익은 곧바로 공격에 나섰다. 격공의 기가 삼두영사를 치고, 놈이 주춤한 틈을 타 뛰어들면서 검격을 날린다.

─오, 재미있는 장난이군. 넌 혹시 세상이 너를 중심으로 돌아간다고 생각하나? 왜 네가 싸워달란다고 내가 싸워줘야 하지?

"뭐라고?"

일격으로 머리 하나가 날아갔지만 삼두영사는 비명을 지르기는커녕 비웃음을 날렸을 뿐이다.

그 직후 백건익은 자신이 벤 것이 삼두영사의 기운으로 만들어진 허상임을 깨달았다. 지금은 해가 거의 저물어갈 무렵이고 주변에는 짙은 어둠이 넘친다. 그림자에 녹아들며 힘을 발휘하는 삼두영사에게는 최적의 환경인 것이다.

"이런⋯⋯!"

그를 에워싸고 커다란 그림자 뱀들이 일어난다. 백건익은 그것들을 모조리 베어 넘겼지만 모조리 가짜뿐이었다.

"크악!"

그리고 그 한순간에 삼두영사가 별의 수호자 무인의 발목을 붙잡아서 마인들이 공격할 틈을 만들어주었다.

"이 자식!"

백건익이 분노했다.

'이럴 줄 알았다면 좀 무리해서라도 광익을 데려올 것을!'

그의 친우인 영수술사 광익이 지원해 줬다면 이런 식으로 농락당하지 않았을 것이다. 지금 일행에 있는 기환술사들도 뛰어난 실력자들이었지만 전투 능력에 있어서는 광익에 비할 바가 못 되었다.

─어억?

비웃음을 흘리던 삼두영사가 신음했다. 마인에게 목이 잘린 인간의 피를 맛보려고 고개를 드는 순간, 보이지 않는 힘이 그를 붙잡았기 때문이다.

퍼엉!

백건익이 그 한순간에 허공섭물로 그를 붙잡고는 격공의 기로 뒤통수를 때렸다.

　기공을 이용해서 의식의 허점을 농락하는 것은 백건익의 특기였다. 아무리 삼두영사라고 하더라도 실체를 드러낸 순간에는 영수의 눈을 가진 백건익의 감각을 피할 수 없다.

　—이놈이 감히……!

　퍼어어어엉!

　삼두영사가 분노하는 순간, 그들의 머리 위에서 섬광이 폭발했다. 망막을 태워 버릴 듯 강한 빛이었다.

　"크악!"

　"누, 눈이!"

　마인들은 눈이 타는 듯한 고통에 비명을 질렀다.

　하지만 별의 수호자 무인들은 미리 알고 있었다는 듯 눈을 감거나 진기로 눈을 보호하는 기술을 썼다. 그 결과 마인들이 피를 흩뿌리며 우수수 쓰러져 갔다.

　—네놈의 머릿속에서 나온 수작이냐?

　삼두영사가 아연해했다.

　'이토록 신속하게 내 능력에 대응하다니! 무서운 놈이다!'

　그의 능력은 어둠이 짙을수록 강해진다. 하지만 완전히 빛이 없는 상황보다는 어느 정도 빛이 존재하며 그림자를 드러내 줘야만, 그리고 그 그림자가 서로 얽혀서 넓은 면적을 차지해 줘야 좋다. 그도 그림자가 서로 이어지지 않은 영역으로는 몸을 확장할 수 없었기 때문이다.

백건익은 삼두영사의 정체를 파악하자마자 기환술사들에게 전음으로 대응책을 지시했다.

—적은 그림자 영수다. 술사들의 반은 머리 위에서 섬광을 터뜨려서 그림자의 영역을 줄이고, 반은 정화의 술법을 터뜨려서 놈을 약화시키도록!

그 지시는 주효해서 전황이 한순간에 역전되었다. 시각이 마비된 마인들이 우수수 쓰러져 갔고 삼두영사도 그림자 사이로 확장해 둔 몸이 가닥가닥 끊어지면서 타격을 받았다.

"왜 내가 싸워달란다고 싸워줘야 하냐고 물었나?"

백건익이 차갑게 말했다.

"싸움을 걸어온 주제에 그딴 개소리나 지껄일 거면 닥치고 처맞아라."

파아악!

삼두영사의 몸 일부가 잘려 나갔다. 삼두영사가 분노하여 가닥가닥 끊긴 몸을 불러들이는데 갑자기 날카로운 도기(刀氣)가 소나기처럼 쏟아져 내렸다.

"그렇게 마음대로 될 것 같은가?"

마인 둘을 베어 넘긴 정무격이 합세한 것이다.

삼두영사가 낭패한 기색을 드러냈다. 방금 것은 제법 타격이 컸다.

—감히 내 몸을 해하다니, 그 대가는 네놈들의 영육으로 치

러야 할 것이다!

"과연 마수다운 말이로군. 우리가 정육점의 도축된 고기로 보이는 모양이지? 착각을 교정해 주마."

쉬쉬쉬쉬쉬······!

백건익의 등 뒤에서 기환술사들이 쏘아 올린 섬광의 구체들이 그와 삼두영사의 머리 위를 넘어갔다.

퍼퍼퍼퍼펑!

그리고 그들의 등 뒤에서 터지면서 강렬한 섬광을 쏟아냈다. 삼두영사 쪽으로 향했던 백건익과 정무격의 그림자 방향이 바뀌고, 어둠으로 이뤄진 삼두영사의 몸이 옅어졌다.

─크읔······!

삼두영사가 당황해서 술법을 펼치는 순간, 폭음이 울리며 그의 몸 일부가 끊어졌다. 그 순간을 기다렸다는 듯 공격을 날린 정무격에 의해서였다.

그 틈을 타서 돌진하던 백건익은 갑자기 기겁해서 반전했다.

투학!

검은 궤적이 그의 방어 위를 때리고 지나갔다.

"윽······!"

심후한 내공을 지닌 백건익이 하마터면 검을 놓칠 뻔했을 정도의 위력이었다.

"아까워라. 감각이 꽤 좋은 녀석이네?"

흐우우우우……!

불길한 울림이 섞인 목소리와 함께 사방에서 귀곡성이 울려 퍼지기 시작했다.

3

어둠으로부터 검은 연기처럼 피어오른 저주의 기운이 하늘에 떠 있는 섬광탄을 감싸 안듯이 꺼뜨린다. 그리고 온통 새카맣고 썩은 내가 나는 액체의 군집이 살아 있는 것처럼 춤을 추었다.

"크아악!"

별의 수호자 무인의 비명이 울렸다.

무시무시한 속도로 날아간 검은 수류(水流)가 그의 몸을 베어버렸기 때문이다.

투학! 투하하하학!

그리고 시간 차를 두고 두 번의 굉음이 울렸다.

"음……!"

"으음!"

백건익과 정무격이 한 발씩 물러났다. 섬광탄이 꺼지면서 찾아온 어둠에 눈이 적응하기 전이라 하마터면 맞을 뻔했다.

'강하다……!'

두 사람은 바짝 긴장했다.

"후훗. 삼두영사, 체면이 말이 아니신걸?"

하얀 가면을 쓴 사혈검마가 검보랏빛 검을 들고 걸어왔다. 그녀의 주변에 사령의 힘이 깃든 흑혈이 마치 살아 있는 것처럼 떠다니고 있었다.

─대가는 이미 받아 챙기지 않았나?

"받았지. 하지만 잘 생각해 보니 의뢰 내용은 어디까지나 광무령이 선풍권룡과 일대일로 싸울 수 있는 상황을 만들어 주는 것이었잖아? 한창 싸우고 있는데 이놈들이 끼어들면 안 될 것 같아서 성의를 다하려고 온 것뿐이야."

─그 말을 믿으라고?

삼두영사가 혀를 날름거리자 사혈검마가 어깨를 으쓱했다.

"내가 애써 모은 부하들도 저렇게 허무하게 쓰러져 가고 있는걸. 그러니까 나도 좀 챙길 것은 챙겨 가야 하지 않겠어?"

사혈검마는 별의 수호자 무인들의 짐에 눈독을 들였다. 이만한 일행이라면 필시 귀한 것들을 실어 나르고 있을 것이다.

분명 이 별의 수호자 일행은 그녀에게도 부담스럽다. 그러나 일존구객의 일원인 형운을 광무령이 맡아주고, 삼두영사가 활약해 준다면 협력해 볼 만하다고 판단했다.

쉬리리리……!

방울져서 떠다니던 흑혈이 한데 뭉쳐 울렁울렁 흔들리다

가 죽 늘어나듯이 쏘아져 갔다. 바위조차 가르는 수류의 공격이었다.

정무격은 도격으로 흑혈 수류의 측면을 쳐서 꺾었다. 흑혈의 방울이 폭발하듯 비산하며 그가 뒤로 미끄러진다.

그에 비해 백건익은 낭창거리는 검으로 수류를 살짝 비껴내면서 사혈검마에게 돌진했다.

―함정이에요!

하지만 그 순간 다급한 전음이 날아들었다. 그리고 공간을 격해서 구현된 힘이 그를 밀쳤다.

"음?"

사혈검마가 움찔했다.

그녀는 은밀하게 심검을 준비하고 있었다. 백건익이나 정무격이 일행에게서 벗어나서 뛰어드는 순간, 즉 그들을 보호하는 진법의 범위에서 벗어나는 순간 심검을 날려서 끝장낼 생각이었는데 누군가 그 의도를 읽고 방해했다.

'누구지?'

문득 흥얼거리는 콧노래가 들려왔다.

무척이나 듣기 좋은 소리였지만 동시에 기괴했다. 일단 전장에는 어울리지 않았고, 콧노래인데도 모두에게 들릴 정도로 음량이 컸으며…….

'내 흑혈에 영향을 끼치다니, 음공인가?'

콧노래에 실린 진기가 흑혈의 움직임에 미미한 장애를 일으켰기 때문이다.

그리고 사람들 사이에서 한 사람이 걸어 나왔다. 흑단 같은 머리칼을 뒤로 올려 묶은 아름다운 여성, 서하령이었다.

"호오."

가면 속에서 사혈검마의 눈이 이채를 발했다.

"아름답구나."

"그런 말은 너무 자주 들어서 지겨워."

서하령이 심드렁하게 대꾸했다.

그 말에 모두가 흠칫 놀랐다. 그녀의 태도 때문이 아니었다.

'말을 하는데도 노래가 끊이지 않는다니?'

서하령의 목소리와 진기가 실린 콧노래가 완전히 별개로 울리고 있었기 때문이다.

'노래를 부르면서 싸운다고 하면 자연스럽게 떠올릴 약점을 모두 해결했군. 실로 음공의 대가라고 불릴 만한 경지다.'

백건익이 경탄했다.

서하령은 소리 그 자체를 자유자재로 조율해서 원하는 소리를 빚어내고 있었다. 성대를 진동시켜 목소리를 내는 것에 그치지 않고 자신의 몸을 중심으로 한 일정 영역을 커다란 음파 제어기로 쓰고 있는 것이다.

사혈검마가 가면 속에서 혀를 핥았다.

"그렇겠지. 하지만 달리 떠오르는 말이 없군."

"사겁명이라고 불리는 마인도 꽤나 어휘력이 빈곤하네."

"후훗. 분명 네 몸은 부드럽고 탄력적이겠지. 간만에 최고의 의자를 가질 수 있을 것 같구나."

"의자?"

그 말에는 서하령도 의아해할 수밖에 없었다.

그런 그녀의 곁에 마곡정이 다가와 섰다.

"누나, 언제까지 정신 나간 년이랑 대화해 주고 있을 거야."

"형운이 결판을 낼 때까지 떠들어대는 걸 들어줘도 손해나는 장사는 아닌걸?"

마을 쪽에서는 섬광이 폭발하면서 주변 건물들을 파괴하고 있었다. 멀리서도 느낄 수 있을 정도로 압도적인 힘이 격돌하는 여파였다.

"그렇군. 그럼 저쪽의 결판이 나기 전에 너를 가지도록 할까?"

"아직 의자를 가진다는 게 무슨 의미인지 못 들었는데… 하긴 상관없나?"

서하령은 살짝 고개를 젓고는 한 발 내디뎠다.

잠시 소강상태에 들어갔던 전장이 다시금 움직이기 시작했다.

4

형운과 광무령은 질풍처럼 공방을 벌였다. 일반인은 무슨 일이 벌어지는지조차 알 수 없는 빠르기에 활화산 같은 파괴력이 더해진, 최고 수준의 격투전이었다.

"이상하게 들리겠지만……."

형운의 일권과 광무령의 일장이 충돌해서 폭발했다. 그 여파로 폭심지를 중심으로 지면이 원형으로 터져 나가고 이미 무너진 건물의 잔해들이 날아가 버린다.

여전히 눈을 감고 있는 광무령이 이를 드러내며 웃었다.

"…난 네게 딱히 원한을 느끼지 못한다, 선풍권룡."

"그럼 왜 홍분제를 맞고 헐떡거리는 투견마냥 싸우고 싶어서 안달이 나 있으신가?"

형운이 도발적으로 묻자 광무령이 키득거렸다.

"아까도 말했다시피 네가 유단을 쓰러뜨렸기 때문이지. 혹시 우리 교에서 칠왕이 어떻게 결정되는지 아나?"

"딱히 안 궁금해."

"모르나 보군. 그럼 한번 들어봐라."

"난 그렇게 한가한 몸이 아니다."

형운이 말과 동시에 공격해 들어갔다. 전광석화처럼 돌진하며 주먹을 날리는 척하다가 너무나도 자연스럽게 무게중심을 바꿔서 발차기를 날린다.

그러나 광무령은 그것을 쉽게 막아내면서 물러났다. 그 회피 동작을 예상하고 추격해 들어가던 형운이 주춤한다. 격공의 기가 작렬했기 때문이다.

콰아앙!

그 틈을 타서 광무령이 재빨리 거리를 벌리며 입을 나불거렸다.

"그래도 나는 말하고 싶군. 사실 나는 예전에 워낙 사고를 많이 쳐서 벌로 설법 담당으로 좌천된 적이 있었다. 내가 원래 말을 잘 못하는 편이라 처음에는 설법이란 것에 진저리가 났는데 나중에는 점점 재미가 붙었고, 그러다가 딱히 설법을 하지 않을 때도 수다스러워졌지. 억지로 떠맡은 일이 내 천성을 바꾼 셈이다. 재미있지 않나?"

"계속 쓸데없는 소리만 지껄일 거면 난 그만 가보면 안 될까? 너를 때려눕히는 것도 나름 중요한 일이긴 한데, 너보다 훨씬 우선적으로 때려줘야 할 놈이 있어서……."

"워 워. 성질도 급하시군. 세간에서 마두로 불리는 내가 고명하신 협객님의 소중한 시간을 낭비하게 만들어서 화나나?"

"후우."

형운이 작게 한숨을 쉬었다.

'이놈, 짜증 나는군.'

아직까지는 서로 탐색전을 벌이는 단계였다. 하지만 광무령의 실력이 뛰어나다는 것은 알겠다. 본격적인 충돌을 피하면서 미꾸라지처럼 거리를 벌리고 회피하는 솜씨가 아주 일품이었다.

'놈을 적극적으로 전환시키든가 아니면……'

형운이 전법을 고민할 때 광무령이 말했다.

"내 인생을 처음부터 끝까지 구구절절하게 늘어놓을 생각은 없다. 그냥 왜 너랑 싸우고 싶어서 이런 일을 벌였는지, 그 동기만은 들어줬으면 좋겠군. 그 정도는 해주지 않겠나?"

"어디 지껄여 봐. 대신 그만한 대가를 치러야 할 거다."

형운이 한숨을 쉬었다. 그리고 밀도 높은 기파를 발하면서 광무령의 말을 기다렸다.

"고맙군. 난 예전에 유단과 칠왕의 자리를 놓고 싸워서 패했다. 그리고 오랫동안 그에게 도전할 권리를 갖기 위해서 노력해 왔지."

광세천교 칠왕의 권좌는 흑영신교의 팔대호법처럼 신에게 선택받는 게 아니라 그에 걸맞은 실력을 갖춘 자만이 쟁취하는 것이다. 설령 칠왕이 되었다고 하더라도 그 자리를 계속 지키기 위해서는 자격을 갖춘 도전자를 물리쳐야 한다.

물론 칠왕이 아무 때나 도전을 받지는 않는다. 임무에서 자유로운 시기여야 했고 도전자가 그만한 격을 갖췄다고 인정받아야 했다.

"그 조건을 갖추기는 쉽지 않지. 나처럼 한번 패한 몸이라면 더 그렇고."

광무령은 한번 칠왕 결정전에서 유단과 패한 과거가 있는 만큼 도전권을 획득하기가 더 어려웠다.

"그래도 슬슬 목표가 눈에 보이는 상황이었는데… 그런데 유단 그놈이 네 손에 죽어버렸다는 소식을 들었지."

그 소식을 들은 광무령은 허탈해졌다.

진즉에 칠왕이 될 만한 실력을 갖췄다는 평가를 들으면서도 그는 칠왕의 권좌에 도전하지 않았다. 다른 칠왕에 대한 도전권이라면 좀 더 쉽게 손에 넣을 수 있었지만 그가 바라는 것은 오직 유단과 다시 한 번 자웅을 겨뤄 이기는 것이었기 때문이다.

"10년 동안 꿈꾸던 목표가 사라져 버린 것이다. 덕분에 칠왕이 되긴 했지만 글쎄, 별로 기분이 좋지 않더군."

도무지 이 자리를 스스로의 힘으로 쟁취해 냈다는 실감이 들지 않았다.

객관적으로 따져보면 문제 될 것은 전혀 없다. 광무령이 칠왕이 될 만한 실력자임은 모두가 인정하고 그 자신도 그렇다고 생각한다.

그런데도 가슴속에 해소되지 않는 응어리가 있었다.

"유단이 나와 싸우기 전에 죽어버렸다는 허탈감도 컸지만 그것만이 문제가 아니었다. 나는 아직 스스로에게 증명하지 못했다는 사실을 깨달았지."

"뭘 증명한다는 거지?"

"내가 목표를 이룰 자격이 있었다는 사실을. 모두가 인정하는데도, 심지어 위대한 광세천께서도 인정해 주셨는데도 나 자신만은 납득하지 못하고 있었던 것이다. 드높은 목표를 달성했다는 성취감을 얻기 위해서는 그만한 시련을 이겨내는 과정이 있어야만 하는데 내게는 그런 것이 없었어."

광무령의 목소리가 열기를 띠기 시작했다.

칠왕 결정전에서 그에게 패한 이들에게는 지독한 모독이 되리라. 그러나 광무령은 그 과정을 자신의 목표에 걸맞은 시련이라고 실감하지 못했다.

"그래서 나는 선풍권룡 너와 싸우고 싶었다. 유단을 죽인 너와 싸워 이기는 것으로, 나는 스스로에게 더 이상 과거의 잔영에 집착할 필요가 없음을 증명할 것이다!"

"아, 그러셔?"

형운은 심드렁하게 말하며 앞발을 들어 올렸다.

광무령이 흠칫했다. 이 거리에서 발차기라도 날릴 셈인가?

다음 순간, 형운이 광무령 바로 앞에 나타나서 발차기를 날렸다.

"아니?!"

광무령은 아슬아슬하게 그것을 피했다. 스친 것만으로도 옷이 찢어져 나가며 피부에 붉은 자국이 남았다.

놀라서 물러났다면 오히려 직격당했을 기습이었지만 광무령의 특이한 대응법이 그를 살렸다.

'제법이군! 그 순간에 뛰어들다니!'

눈앞에 형운이 출현하는 순간 오히려 몸을 날려 달라붙었던 것이다.

자칫하면 적의 공격에다 몸통을 들이받는 자살행위가 될 수도 있는 행동이다. 그런 행동을 머리로 생각하지 않고 반사적으로 행했다는 것은 그가 연마한 무공이 명쾌한 전투 철학에 기반하고 있다는 증거일 것이다.

'하지만 오히려 바라는 바다!'

형운도 물러나지 않았다.

투아앙!

주먹조차 날릴 수 없는 지근거리에서 형운이 몸을 가볍게 틀며 어깨치기로 광무령을 날려 버렸다.

그리고 곧바로 추격하며 발차기를 날리자 광무령 역시 발차기로 응수한다.

쾅!

피와 살로 이루어진 육체끼리 부딪치는데 천둥소리 같은 폭음이 울려 퍼졌다.

둘이 어지럽게 위치를 바꿔가며 격투를 벌였다. 푸른 광풍혼을 휘감은 형운과 황금빛 광채를 두른 광무령이 격돌할 때마다 지면이 폭발하고 대기가 비명을 질렀다.

언뜻 팽팽한 격전으로 보이지만 내실을 들여다보면 전혀 그렇지 않았다.

형운이 일방적으로 광무령을 몰아붙이고 있었다.

투학!

어느 순간 공방의 균형이 무너지면서 형운의 발차기가 광무령의 허벅지를 때렸다. 휘청거리던 광무령은 곧바로 이어지는 형운의 연환격들을 아슬아슬하게 방어하면서 물러났다.

"크윽, 역시 원거리에서는 내가 밀리는군!"

"아직도 내가 설렁설렁 놀아볼 만한 상대로 보이나?"

형운이 차갑게 웃으며 도발했다.

광무령이 말한 원거리는 서로 멀리 떨어진 거리가 아니라 격투전을 기준으로 한 거리 감각이었다. 둘은 몸을 던지며 팔을 길게 뻗거나 발차기를 날려야만 닿는 거리에서 싸웠고, 결과는 형운의 압승이었다.

그것은 자연스러운 귀결이었다. 광무령은 키가 형운보다 작아서 5척 7촌(약 171센티미터) 정도였다. 팔다리 길이부터가 차이가 나니 전투를 원거리 격투전으로 풀어나가려고 하면 당연히 밀린다.

"하하하. 내가 좀 오만했다는 것은 인정하지. 그저 시험해 보고 싶었을 뿐이다. 예전에 유단과 싸웠던 대로 하면 어떻게 될지."

광무령이 형운을 기공으로 견제하며 웃었다.

"그럼 이제 내 진짜 실력을 보여주지."

동시에 계속 감겨 있던 그의 눈꺼풀이 열리며 황금빛이 흘러나오기 시작했다.

5

"10년 전에 그런 일이 있었지."

풍령국 북부. 일 년 내내 혹한이 지배하는 것으로도 모자라서 마수, 요괴, 그리고 무엇보다도 환마가 넘쳐흐르기에 인간이 살 수 없는 마경으로 분류되는 땅이다.

그런데 그곳에서 한숨 섞인 목소리가 울렸다.

"언제나 이기는 전장에만 투입되어서 이기는 싸움만 하다 보니 자기들이 정말 천하무적이라도 된 것처럼 착각에 빠진 부하들을 거느린 우두머리가 있었다. 부하들은 우두머리의 고충을 모르고 자기들이 이토록 강한데 왜 약해 빠진 세상을 이토록 두려워하고 인내해야 하는지 불만을 품었지. 그들의 불만을 억누르기 힘들게 된 우두머리가 어떻게 했을까?"

그렇게 물은 것은 은발에 황금색 눈동자를 지닌 중년의 남자였다. 금실로 태양의 문양이 수놓인 화려한 백의를 입은 그는 오만한 눈으로 주변을 둘러보았다.

주변에는 무참한 광경이 펼쳐져 있었다.

지면은 지진이라도 일어난 것처럼 지면이 뜯겨 나가고 커다란 구멍들이 파여 있었고, 그 위로 열 명이 넘는 인간의 시체가 널브러져 있었다.

두 다리로 서서 숨 쉬고 있는 것은 두 사람뿐이었다.

"교주께서도 아시고 저도 아는 이야기를 굳이 그렇게 돌려 가면서 하시는 이유는 뭡니까?"

중년 남자의 정체는 광세천교주였다.

그리고 교주에게 하는 말이라고는 믿을 수 없을 정도로 불손한 태도로 말한 것은, 교주만큼 화려하지는 않지만 백의를 입은 단정한 백발의 여성이었다.

백발이지만 노인은 아니다. 생김새만을 보면 교주와 비슷한 또래로 보였다.

그러나 언뜻 봐서는 나이를 가늠할 수 없을 정도로 용모가 기괴했다. 피부는 창백하다 못해 옅은 회백색을 띠고 있었고 눈동자는 은은한 빛을 발하는 은회색이라 인간이라는 느낌이 들지 않을 정도였다.

등에 한 자루, 그리고 허리춤에 또 한 자루의 검을 찬 그녀는 여성으로서는 굉장히 키가 컸다. 그리고 6척 장신에 남자에게도 지지 않을 정도로 몸에 근육이 두드러져 있었다.

"광마, 자네는 여전히 운치를 모르는군."

교주가 끌끌 혀를 찼다.

광마(光魔).

구윤이 사망한 지금, 명실상부한 광세천교 칠왕 중 최강자로 불리는 무인이었다.

그녀는 바위처럼 무표정한 얼굴로 말했다.

"무엇보다 상황이 별로 비슷하지도 않지 않습니까? 빈자리를 채우느라 뽑힌 새 칠왕들이 혈기왕성하기는 하지만 당시 흑영신교의 여덟 얼간이들만큼 심각하게 주제 파악 못 하는 것은 아니니까요."

"그런데 광무령이 사고를 쳤단 말일세."

"그것도 흑영신의 얼간이들하고 비교할 정도는 아닌 것 같습니다만. 이번에는 이기면 아주 좋고, 지면 아쉽긴 하지만 통제되지 않는 놈 하나를 희생양으로 다른 녀석들에게 경종을 울려줄 수도 있으니까요."

"승산이 있다고 보나?"

"해볼 만은 하다고 생각합니다. 광무령이 예전에 유단에게 패했다고는 하나 그때의 승부는 종이 한 장 차이였지요. 그리고 절치부심하여 광심안(光心眼)을 완성했으니, 지금은 혈산군과 더불어 가장 성장세가 두드러지는 인물입니다."

"꽤 높이 평가하는군."

"교주님 생각은 다르십니까?"

"아니, 하필이면 삼두영사랑 죽이 맞아서는 너무 멋대로 행동해서 그렇지 실력은 확실하다는 데는 동의하네."

"하지만 흉왕의 제자를 상대로는 불안하시다는 겁니까?"

"객관적으로 보면 승산이 충분하지."

형운의 실력에 대해서는 낙성산 전투를 통해서 충분한 정보가 수집되었다.

당시 형운이 보여준 실력은 그 나이대 무인이라고는 믿을 수 없을 정도였다. 그럼에도 교주는 광무령에게 승산이 있다고 보았다.

광무령의 실력을 그 정도로 신뢰하느냐고?

물론 그것도 있지만 광세천교가 그동안 귀혁부터 형운까지, 2대의 무공을 분석하고 연구해 왔기 때문이다.

실전의 승패는 실력만으로 정해지지 않는다. 그날그날 몸과 정신의 상태가 어떤지, 주변 환경이 누구에게 유리한가 등등 많은 요소가 영향을 끼친다.

상대에 대해서 얼마나 알고 있는가는 그중에서도 큰 비중을 차지하는 요소다. 비슷한 실력자 둘이 맞붙었을 때, 한쪽은 상대에 대해서 잘 알고 한쪽은 모른다면 그 승부의 결과는 볼 것도 없다.

광세천교는 귀혁과 형운의 무공을 깊게 분석하고 그 대응법을 연구해 왔다. 칠왕들은 교의 무학자들이 개발한 대응법을 철저하게 익혀놓았으니 일대일로 붙을 수만 있다면 광무령의 승산은 높을 것이다.

"하지만 만약……."

그때였다.

파아악!

주변에 쓰러져 있던 시체들이 허공으로 솟구쳤다. 그리고 그 밑에 깔려 있던 또 다른 시체가, 아니, 죽은 것으로 위장했던 자가 교주를 기습했다.

"커어……!'

처절한 신음이 흘러나왔다.

기습당한 교주는 담담한 표정으로 기습을 가한 자를 바라보았다. 그가 손발을 움직일 것도 없이 격공의 기가 상대의 움직임을 멈추고 심장을 부숴 버렸다.

"확실히 윤극성의 정예는 훈련이 잘되어 있군. 정파 무인들처럼 쓸데없는 격식에 매몰되어 있지도 않고."

교주가 무너져 내리는 적을 보며 감탄성을 흘렸다.

그와 광마가 몰살시킨 것은 환마들의 동향을 살피기 위해 나온 윤극성의 정찰대였다. 하나같이 얕볼 수 없는 실력을 지닌 최정예 무인들이지만 광세천교주와 광마 앞에서는 전혀 힘을 쓰지 못했다.

광마가 무뚝뚝하게 물었다.

"만약, 다음은 뭡니까?"

"자네는 칠왕으로서 교주가 기습당하면 좀 놀란다거나 걱정하는 반응을 보여주고 그러게나. 그래야 내 권위가 좀 살 것 아닌가."

"다음번에는 노력해 보겠습니다. 그래서 다음은 뭡니까?"

"쯧쯧. 않느니 죽지."

교주는 쨍하니 맑은 하늘을 올려다보며 말했다.

"어디까지나 만약이지만, 광무령이 패한다면……."

그의 의식이 먼 과거의 기억으로 향하며 두 눈에 강렬한 감정이 떠올랐다.

그것은 증오와 분노, 그리고 두려움이었다.

"…우리는 이제 또 한 명의 흉왕이 나타났음을 인정해야 하겠지."

6

광무령이 눈을 뜨는 순간, 그의 몸을 두른 황금빛이 두 배는 강해졌다. 동시에 폭풍우 같은 기파가 주변을 뒤흔들었다.

형운은 직감했다.

'평소에 오감 중 하나를 봉하면서 그 부분에 힘을 축적하는 유형이군.'

흔치는 않지만 종종 찾아볼 수 있는 유형이다. 요는 거기에 부여된 위력과 능력이 무엇인가였다.

그러나 형운은 그 의문을 풀기 위해 노력하는 대신 다른 일을 했다.

쾅!

폭음이 울리며 광무령의 몸이 꺾였다.

"커어……!"

"꼭 그런 놈들이 있지."

그가 눈을 뜨고 진정한 힘을 개방하는 순간, 형운이 운화로 거리를 좁히면서 연타를 날렸다.

광무령은 막 힘을 개방해서 불안정한 상태임에도 그 공격을 능숙하게 방어했다. 그러나 한 호흡의 공격이 끝났다고 판단한 순간, 형운의 자세가 갑자기 시간을 건너뛴 것처럼 그의 복부 바로 앞에다 주먹을 갖다 댄 상태로 바뀌었다.

운화 감극도였다.

"너처럼 실전에서 즐거움 찾는 놈들. 처음부터 전력을 다해도 모자랄 판에 놀이 감각으로 진정한 힘은 아껴두고 어쩌고……."

형운이 서로 숨결이 느껴질 정도로 몸을 붙인 거리에서 광무령을 연타로 때렸다. 도저히 큰 위력이 나올 자세가 아니었지만 형운이 때릴 때마다 폭음이 울리며 광무령이 몸이 격하게 흔들렸다.

"이놈!"

광무령의 황금빛 눈이 흉흉하게 빛났다.

완전히 허를 찔려서 크게 한 방 얻어맞았음에도 그는 속수무책으로 당하지 않았다. 몸을 웅크리며 팔로 머리를 감싸서 치명타를 막는 한편 몸을 절묘하게 흔들어서 타격을 반쯤 미끄러뜨리고 있었다.

'회피 기술이 대단하군. 이거 광요가 쓰던 그 기술인데?'

형운이 통찰한 대로 광무령은 광요와 같은, 맞는 그 순간에 반응해서 피해를 최소화하는 기이한 방어 무공을 익히고 있었다. 그것은 서로 달라붙어서 좁은 공간에서 치고받는 지금 상황에서 빛을 발했다.

"하아!"

결국 광무령이 형운의 연타를 뚫고 주먹을 날렸다.

형운이 고개를 젖혀 피하자 그 순간 지면을 까뒤집는 무시무시한 발차기가 솟구쳤다.

─지룡승천각(地龍昇天脚)!

광무령의 발차기가 먼저 공간을 관통하고 그 뒤를 따라서 진기가 실린 토사가 쏟아졌다.

형운이 대응하려는 순간, 눈앞에서 쇄도해 오던 토사를 지워 버리며 황금빛 섬광이 폭발했다.

콰아아아아아앙!

일순간에 전방 20장(약 60미터)이 날아가 버린다.

조금 전까지 난타당하던 자가 쏘아냈다고는 믿을 수 없는 위력의 기공파였다.

"퉤! 빌어먹을, 이렇게 처맞았으니 반박도 못 하겠군. 처지가 한심한걸?"

광무령이 피 섞인 침을 뱉으며 투덜거리는 순간이었다.

─유설무극권(流雪無極拳)!

순백의 섬광이 그를 관통했다.

콰콰콰콰콰콰……!

그리고 그 궤적을 따라서 뼛속까지 얼려 버리는 냉기가 폭발했다.

"이 수법, 우리한테 충분히 많이 보여줬다고 생각하지 않나, 선풍권룡?"

그러나 광무령은 여유가 넘쳤다. 무극의 권에 격중당한 여파를 수월하게 방어해 낸 것은 물론이고 그 뒤에 폭발한 냉기까지도 흘려 버렸다.

육화한 형운이 눈을 가늘게 떴다.

'놈들의 호부가 지난번보다 발전했군. 유설무극권에 대응하기 위해 개발한 건가?'

이전에 광세천교 고위직들이 쓰던 호부는 별의 수호자에서 개발한 것과 같은, 심상경의 절예를 방어하고 나면 쪼개지는 소모품이었다.

그러나 이번 것은 다르다.

기습을 당할 경우 호부는 기화를 한 박자 늦춰주는 역할만 하고 본인이 직접 기화에 대응하는 방식이다. 사용자 본인이 심상경의 고수일 경우에 맞춘 호부였으며, 뒤따라 폭발하는 냉기에 대응하는 법은 완벽하게 훈련한 것으로 보인다.

광무령이 손가락을 들어서 까딱거리며 도발했다.

"너는 철저하게 분석되고 연구되었다. 그 사실을 절감해라."

"너는 아무도 관심 없는 네 개인사를 나불거리고 싶어서 안달이 나서 치명적인 실수를 저질렀다. 그 사실을 절감하게 만들어주지."

형운이 심드렁하게 받아치자 광무령이 피식 웃었다.

"뭐 좋아. 직접 몸으로 깨닫게 해주지."

"그렇게 자신만만하신 분께서 왜 지금까지 신나게 처맞으셨을까?"

"그건 변명의 여지가 없군. 하마터면 끝장날 뻔했어."

광무령이 키득거렸다.

허를 찔리고도 버틸 수 있었던 이유는 두 가지다. 하나는 광무령이 경기공을 극성으로 익혀서 육체가 비정상적으로 튼튼하다는 것. 그리고 또 하나는 형운이 운화 감극도로 허를 찌르기는 했지만 격중시킨 일권의 위력이 크지는 않았다는 것.

귀혁의 무극 감극도였다면 그 순간 끝장을 낼 수 있었겠지만 형운의 운화 감극도는 어디까지나 자세를 바꿀 수 있을 뿐이다. 상대의 몸 앞에 주먹을 갖다 댄 상태에서 발할 수 있는 위력에는 한계가 있었다.

광무령이 말했다.

"하지만 과정이 어떻든 결국 마지막에 서 있는 자가 진정한 승자인 법이지."

"그 말에는 동감이다."

형운은 그 말과 동시에 재차 무극의 권을 전개했다. 섬광의 궤적이 그려지며 재차 냉기가 폭발한다.

"안 통한다고 했지!"

그에 대한 형운의 대답은 심검이었다.

―유설무극검(流雪無極劍)!

육화한 형운이 얼음의 검을 만들어서 심검을 날린 것이다.

광무령은 이것도 막아냈지만 마치 기다렸다는 듯 또 심검이 전개되면서 냉기가 폭발했다.

'으음! 이놈 심상경의 절예를 펼치는 속도가 거의 심즉동에 근접했구나! 심상경으로는 나보다 위군!'

낙성산 전투에서 형운은 이미 한 호흡 만에 심상경의 절예를 펼치는 경지에 이르러 있었다. 그리고 1년 반이 지난 지금은 한층 더 빨라졌다.

'하지만 아무리 내공이 고강해도 어떻게 이렇게 연달아 펼칠 수가 있지?'

설령 심즉동의 경지에 이른다고 하더라도 심상경의 절예는 막대한 심력과 기력을 소모한다. 그런데 형운은 광무령이 방어할 때마다 한 번씩, 아홉 번이나 연달아서 심검을 펼쳤다.

쩌적……!

결국 광무령의 호부가 한계에 달해 부서졌다.

'더 온다면 위험하다.'

광무령이 긴장했다. 호부의 힘에 기댔다고는 하지만 그 역시 적지 않은 심력을 소모한 상태였다.

다행히 형운은 더 이상 심상경의 절예를 펼치지 않았다. 그러나…….

후우우우우……!

어느새 마을 전체가 눈보라가 지배하는 영역으로 화해 있었다.

마을 전체가 하얗게 얼어붙어서 얼음이 나무처럼 삐죽삐죽하게 돋아나고 그 사이를 무수한 얼음결정들이 날아다니는 것을 본 광무령이 신음했다.

"노림수는 빙백설야공이었나? 훌륭하군!"

유설무극검을 방어하느라 정신이 없었던 광무령은 한 박자 늦게 주변 상황을 알아차렸다.

"하지만 과연 이게 현명한 선택이었을까?"

그러나 광무령은 곧 동요를 가라앉히고 싸늘한 웃음을 흘렸다.

'이번에 끝낸다!'

동시에 그가 전광석화처럼 돌진했다. 형운이 기공파와 격공의 기를 날려 견제했지만 광무령을 견제하기에는 위력이 너무 약했다. 연달아 심검을 펼치느라 기력을 많이 소모한 것이 분명했다.

'아무리 압도적인 화력이 구현된다 해도 그것을 쓰는 자를 죽이면 그만!'

잠깐이라도 시간을 주면 형운은 빙백설야공으로 어마어마

한 규모의 공세를 퍼부어댈 것이다.

그러나 지금은 그 환경을 구축하기 위해서 무리한 상태였다. 아무리 심후한 내공을 지녔어도 이 정도의 힘을 쏟아낸 이상 고갈된 진기를 회복하기까지는 시간이 걸린다.

광무령은 그 시간을 기다려 줄 생각이 없었다. 그는 형운에게 접근하자마자 발차기를 날렸다.

투학!

뻔히 궤도가 보이는 공격이었기에 형운은 어렵지 않게 막았다. 그러나 방어했을 뿐 반격하지는 못했다.

그 사실이 광무령에게 확신을 가져다주었다.

'지금 놈에게는 내 공세를 끊고 방어할 만한 힘이 없다.'

광무령은 형운이 진기를 회복할 틈을 주지 않고 몰아쳤다. 자잘한 연타부터 시작해서 점차 일격 일격의 위력을 키워 나가는 것으로 형운을 궁지로 몰아넣었다.

어느 순간, 형운이 비틀거렸다. 보법을 밟다가 발밑의 돌부리에 걸리는 불운이 일어난 것이다.

'안됐구나, 선풍권룡!'

광무령은 그 기회를 놓치지 않았다. 회심의 미소를 지으며 혼신의 일권을 날렸다.

"…내가 이미 말했지."

순간 형운과 그의 눈이 마주쳤다.

'설마?'

섬뜩한 감각이 광무령의 뇌리를 스치고 지나갔다.

형운의 눈이 너무나도 차분했기 때문이었다.

콰아아아아!

섬광이 활화산처럼 솟구치며 대지가 진동했다. 주변에 솟아나 있던 얼음가지들이 모조리 깨져 나가며 일순간 모든 것이 순백으로 뒤덮인다.

쿠구구구구……!

그리고 순백의 입자들이 흩어지면서 폭심지의 상황이 드러났다.

"크어……!"

고통스러운 신음이 흘러나왔다.

피투성이가 된 광무령이 비틀거리며 물러나고 있었다. 그의 흉부에 뼈가 드러날 정도로 깊은 상처가 길게 이어져서 피가 철철 흘렀다.

"아, 아무리 내공이 심후하다고 해도 어떻게 이럴 수가……."

광무령이 믿을 수 없다는 듯 의문을 입에 담았다.

형운은 멀쩡한 모습으로 서 있었다.

"아, 이래도 남아돌다니, 도대체 얼마나 많은 사람을 희생시켜서……."

형운의 입에서 흘러나온 것은 광무령의 의문에 대한 답이 아니라 분노 섞인 탄식이었다.

격돌의 순간, 형운은 너무나도 간단하게 광무령의 팔을 쳐서 일권을 비껴내고는 반격을 때려 넣었다. 광무령이 확신한 것과 달리 형운은 조금도 기력이 쇠하지 않은 상태였던 것이다.

 '완전히 농락당했다.'

 처음부터 끝까지 모든 것이 형운의 계획대로였다. 자신이 형운의 손바닥 위에서 춤추는 광대 꼴이었음을 깨닫자 수치심이 물밀듯이 밀려들었다.

 "죽어라."

 형운의 눈이 날카로운 살의를 발했다.

 접근하면서 낮은 발차기를 날리고, 광무령이 발을 들어 올려 막는 순간 운화로 뒤를 잡고 회전하며 손등으로 머리통을 후려갈긴다. 광무령은 특유의 방어 무공으로 충격을 최소화했지만 머리가 흔들리는 건 어쩔 수 없었다.

 '위, 위험하다……!'

 그의 부상은 보통 사람이었다면 치명상이다. 도저히 형운과 격투전을 벌일 수 있는 상태가 아니다.

 그러나 그럼에도 그는 미꾸라지처럼 타격을 흘려내면서 형운에게 반격했다.

 쾅!

 폭음이 울리며 그와 형운이 서로 반대편으로 튕겨 나갔다.

 "크, 으윽……."

광무령이 신음했다.

이판사판으로 형운의 공격을 받아치기는 했는데 충격이 보통이 아니다. 내공으로 지혈해 둔 상처 부위에서 울컥 피가 치솟는다. 그의 마공이 육체에 부여한 재생 능력도 지금 가해진 충격에 상처가 벌어지는 것을 막지 못하고 있다.

그런 광무령에게 형운은 맹공을 퍼붓는다.

'맹공?'

물론 그런 말이 어울린다. 형운의 공세가 일으키는 여파만으로도 주변이 초토화되고 있었으니까.

그러나 정작 태풍처럼 공격을 퍼붓는 형운은 너무나도 차분했다.

'굴욕적이군. 하하하. 하지만 어디 가서 변명조차 못 할 처지라니.'

광무령은 속으로 치를 떨었다.

'나는 놈을 쓰러뜨리기는커녕 진짜 실력조차 볼 수 없단 말인가.'

형운은 조금도 위험 부담을 지지 않고 담담한 공세를 퍼붓고 있다. 지금의 그를 상대로는 그럴 필요조차 없다는 뜻이리라.

실제로 그것만으로도 충분했다. 광무령은 놀라운 방어 기술에도 불구하고 점차 침몰해 가고 있었으니까.

'이럴 줄 알았다면 자존심 세우지 말고 사혈검마의 배려를 받아들였어야 했는가?

사혈검마는 광무령에게 유리한 조건을 만들어줄 수 있다고 제안했었다. 마을을 가득 채운 사령의 힘을 그가 통제할 수 있는 장치들을 마련해 주겠다고.

하지만 광무령은 그저 형운을 죽이는 것이 목적이 아니다. 이 싸움 자체를 스스로를 증명하는 시련으로 여겼기에 그 제안을 일언지하에 거절했다.

그런데 이제 와서 구차한 생각이 떠오르다니…….

'잠깐. 사령?'

서서히 침몰해 가던 광무령은 한 가지 사실을 깨닫고 경악했다.

'어째서 이런 걸 눈치채지 못했지?'

형운이 극음지기로 가득 채워 버려서였을까? 아니면 그의 맹공을 받아내느라 주변을 볼 겨를이 없어서?

어느새 마을을 가득 채웠던 사령의 힘이 극도로 희박해져 있었다.

"설마……?"

광무령이 한 가지 가능성을 떠올리고 경악하는 순간이었다.

쾅!

형운이 찰나의 허점을 놓치지 않고 가속해서 정타를 꽂아 넣었다.

한순간 광무령의 시야가 암전했다가 원래대로 돌아왔다.

'주, 죽었었군.'

광무령은 자신이 한번 죽었다는 사실을 깨달았다. 칠왕에게 부여되는 광세천의 가호, 두 번째 목숨이 그의 숨을 붙여 놓은 것이다.

하지만 지금 상황에서는 아무런 의미도 없었다. 형운은 이미 그렇게 될 것을 알고 있었고, 그렇기에 바늘구멍만 한 허점도 보이지 않은 채로 추가타를 준비하고 있었으니까.

"선풍권룡, 너는 혹시……."

광무령은 자신이 패했다는 것을, 죽음을 피할 수 없다는 사실을 받아들였다. 그래서 저주의 말을 쏟아내는 대신 조금 전에 떠올린 의문에 대한 답을 구하고 싶었다.

하지만 형운은 냉랭한 눈으로 그를 내려다보며 주먹을 당겼다.

"궁금한 게 있으면 네가 믿는 신에게 물어봐."

광무령이 미처 대꾸할 새도 없이 주먹이 벼락처럼 내리꽂혔다.

퍼억!

섬뜩한 소리가 울리고, 머리 잃은 시체가 얼어붙은 대지 위에 쓰러졌다.

얼음 위에 번져가는 붉은 피를 보던 형운이 우울한 표정으로 중얼거렸다.

"…네 같잖은 호승심 때문에 죽어야 했던 사람들도 알고 싶은 게 많았을 거야."

7

흑살귀는 풍령국 제일의 자객으로 불리는 마인이었다.

30년이라는 긴 시간 동안 흉명을 떨쳐 사겁명의 하나로 불리지만 그 평가는 어디까지나 풍령국을 벗어나지 못한다. 대륙제일자객이라 불리는 암야살예 자혼의 존재 때문이었다.

그는 자객으로 불리는 만큼 대가를 받고 누군가를 죽여주는 일을 한다. 그러나 마인인 만큼 의뢰를 받지 않고도 욕망을 위해 일고의 면식도 없는 사람을 잔인하게 살해하는 것을 서슴지 않았다.

그러면서도 지금까지 살아남은 것은 무공만이 아니라 생존에 대한 감각이 뛰어나기 때문이었다. 그는 조금이라도 목숨이 위험하다고 판단한 일에는 결코 미련을 갖지 않았다.

그리고 지금, 흑살귀는 또 한 가지 의뢰를 포기했다.

'난 봤어. 저놈은 대체……'

그는 형운과 광무령의 일전을 처음부터 끝까지 지켜보았다.

이유는 삼두영사에게 의뢰를 받았기 때문이다.

'그놈은 싫어하겠지만 혹시 모를 사태에도 대비는 해둬야 겠지. 살아만 있다면 기회는 또 있을 테니까. 흑살귀, 네게 의 뢰할 것은 둘의 싸움을 지켜보다가 만약 광무령이 패하게 되 면 구하라는 것이다. 만약 그게 불가능할 것 같다면… 선풍권 룡을 죽여라.'

아무리 형운이라도 광무령과 승패를 가르고 나서는 허점 을 드러낼 수밖에 없을 것이다. 그러니 그 틈을 타서 그를 암 살하라는 의뢰였다.

풍령국 최고의 자객이라는 평가를 받는 흑살귀의 은신술 은 절품이었다. 형운과 광무령이 주변을 초토화시켜 가면서 격돌하는 상황에서도 상당히 가까운 거리를 유지한 채로 둘 의 싸움을 지켜볼 수 있었다.

하지만 그는 의뢰를 수행하지 않았다.

'어디까지나 할 수 없었기 때문이다. 불가능했다고.'

광무령을 구하는 것도, 형운을 암살하는 것도 엄두가 안 나 는 일이었기 때문이다.

'선풍권룡, 소문 이상으로 엄청난 괴물이군. 무상검존도 저 나이에는 저러지 못했을 텐데… 게다가 저건 대체 뭐지? 사령의 기운을 잡아먹다니?

둘의 싸움을 제3자의 입장에서 처음부터 끝까지 지켜봤기 에 알 수 있었다.

형운은 연달아 심검을 펼쳐 주변을 극음지기로 가득 채우는 것과 동시에 사혈검마가 생성한 사령의 기운을 자신의 몸으로 흡수해 버렸다.

광무령이 이 과정을 눈치채지 못한 것은 유설무극검에 대응하느라 정신이 없었기 때문이다. 형운이 사령의 기운을 흡수하는 과정은 사혈검마가 오더라도 그렇게는 못 하겠다 싶을 정도로 빠르게 이루어졌다.

형운은 광무령에게 말했었다.

'어디 지껄여 봐. 대신 그만한 대가를 치러야 할 거다.'

그것은 허세가 아니었다.

광무령이 자신의 이야기를 나불거리는 동안 형운은 마을을 가득 채운 사령의 기운을 흡수했다.

그는 완성된 천공지체였으며 스스로의 능력을 충분히 파악하고 개발할 시간이 있었다. 적의 시선이 향하는 곳에서는 위압적인 기파를 발하면서 동시에 아래쪽으로 지맥에 깔린 기운을 은밀하게 흡수하는 것도 가능했다.

그 양은 어마어마했다. 아무리 일월성신의 기운이 정순하더라도, 자신이 지닌 기운의 총량을 아득히 뛰어넘는 양의 기운을 일순간에 받아들이는 것은 미친 짓이다.

하지만 완성된 천공지체의 특질은 그런 한계를 조롱했다.

심상계.

천공지체의 공허는 귀혁이 정의한 그 영역으로 통해 있었던 것이다.

그로써 형운은 이론상으로는 무제한의 기운을 비축해 둘 수 있는 힘을 얻었다. 그렇기에 연달아 심상경의 절예를 펼치고도 기력이 쇠하지 않을 수 있었다.

'도무지 이해할 수가 없는 놈이야. 어쨌든 이 정보는 광세천교 놈들에게 비싼 값을 받을 수 있겠지.'

흑살귀가 미소 지었다. 삼두영사가 의뢰한 일을 전혀 수행하지 못한 상황을 이것으로 어느 정도는 만회할 수 있을 것이다.

그런데 그때였다. 불현듯 섬뜩한 예감이 들었다.

'뭐지?'

흑살귀는 그 예감의 정체를 이해하지 못하면서도 본능적으로 반응했다. 은신을 포기하고 전속력으로 그 자리를 빠져나온 것이다.

직후 그는 자신의 판단이 옳았음을 깨달았다.

콰아아앙!

그가 있던 자리에 커다란 얼음송곳 하나가 무시무시한 속도로 내리꽂혔던 것이다.

'설마……'

흑살귀의 눈동자가 흔들렸다.

'광무령과 싸우는 와중에 내 은신을 알아차렸단 말인가?'

도저히 믿을 수가 없었다.

은신이 간파된 것만으로도 놀라운데, 강적과 싸우느라 온 신경을 집중한 상태에서 자신을 발견하다니? 그러고도 집중력의 흔들림 없이 칠왕인 광무령을 쓰러뜨렸다고?

하지만 지금 중요한 것은 그것이 아니었다.

콰콰콰콰쾅!

사방팔방에서 얼음송곳이 날아들어서 폭발했다.

도저히 피할 길이 없어 보이는 공격이었지만 흑살귀의 회피 기술은 놀라웠다. 현란한 움직임과 기공으로 그 모든 공격을 피해내고 있었다.

"큭……!"

그러나 그는 자신의 회피가 완전하지 못하다는 것을 알고 있었다.

아무리 완벽하게 피해도 얼음송곳이 목표점에 도달할 때 폭발하는 한기를 어쩔 수가 없었다. 내공으로 방어하는데도 조금씩 몸에 한기가 침투하고 있었다.

그리고…….

"넌 광세천교도가 아닌 것 같군. 사혈검마의 부하인가?"

어느새 형운이 그의 퇴로를 막고 서 있었다.

"선풍권룡!"

흑살귀는 자신이 형운이 의도한 대로 몰이를 당했다는 사실을 깨달았다.

은신이 간파된 시점에서 그가 빠져나갈 길 따위는 없었다. 이 마을은 이미 형운이 지배하는 극음지기의 권역이었으니까.

멈춰선 그의 주변을 무수한 얼음송곳이 포위하고 있었다. 형운이 마음먹는 순간 그것들이 일제히 그를 덮치리라.

형운이 차갑게 말했다.

"너희들이 지겹게 불러대지 않아도 나도 내 별호가 뭔지 정도는 안다. 대답하지 않겠다면… 상관없다. 빨리 끝내지."

"나는 흑살귀다."

흑살귀가 재빨리 말했다. 형운의 눈썹이 치켜 올라갔다.

"흑살귀라면 사겁명이군. 광세천교의 사주를 받고 움직인 건가?"

"그렇다. 하지만 난 아무것도 안 했다."

"지금 그 말을 내가 믿을 거라고 생각하는 거냐?"

"정말이다. 마을을 이 모양으로 만든 건 어디까지나 사혈검마가 한 짓이고 내가 맡은 역할은 어디까지나 너와 광무령의 싸움을 지켜보는 것뿐이었다."

"전자는 믿어주지 못할 것도 없지만 후자는… 내가 광무령과 싸우는 동안 내내 기습할 기회만 엿보던 놈이 그런 소리를 지껄이다니 이것 참."

형운이 어이없다는 듯 실소했다.

'시간을 끌어야 한다. 어떻게든 빈틈을 만들어야 해.'

흑살귀는 뭐든 형운의 흥미를 자극할 만한 말을 꺼내려고 했다. 살기 위해서라면 간이든 쓸개든 다 내줄 수 있었다.

"선풍권룡……."

하지만 그의 마음가짐은 무의미했다.

그가 입을 여는 바로 그 순간, 형운이 갑자기 눈앞에 나타나서 일권을 내질렀기 때문이다.

쾅!

폭음이 울리며 흑살귀가 뒤로 날아갔다.

'사겹명으로 불릴 만한 실력은 있군.'

형운이 눈을 가늘게 떴다.

완전히 허를 찌른 공격이었다. 그럼에도 흑살귀는 양팔로 방어하면서 뒤로 뛰어서 충격을 최소화했다. 과연 사겹명으로 불릴 만한 실력자였다.

하지만 그는 운이 나빴다.

펑! 퍼엉! 퍼어어엉!

주변을 포위하고 있던 얼음송곳들이 연달아 폭발하며 한기파동이 흑살귀를 덮쳤다. 전방위에서 덮쳐오는 한기파동의 폭풍을 피할 방법 따위는 존재하지 않았다.

"크윽……!"

흑살귀는 호신장막을 펼쳐 방어했지만 한기가 기맥에 침투하면서 움직임이 둔해졌다.

푹!

그리고 그것은 치명적이었다. 터지지 않고 날아든 얼음송곳 하나가 그의 몸에 꽂혔기 때문이다.

퍼엉!

얼음송곳이 꽂히자마자 폭발하면서 상처 부위를 동파시켰다.

푹! 푸푸푸푹!

그리고 사방팔방에서 날아든 얼음송곳들이 그에게 꽂혀서 폭발했다.

"크아, 악……!"

흑살귀의 비명은 폭발하는 한기파동에 묻혀 버렸다. 그리고 비명이 끊어진 자리에는 커다란 얼음기둥 하나만이 남았다.

어이없을 정도로 간단하게 승부가 난 것은 흑살귀의 판단이 잘못되어서가 아니었다. 그는 그 상황에서 할 수 있는 최선의 선택을 했지만 그저 운이 없었을 뿐이다. 형운이라는 은신술의 천적을 만났으며, 하필이면 그의 힘이 극대화되는 극음지기의 영역이 구축된 후에 싸워야 했으니까.

저벅.

휘몰아치는 바람 속에서 형운이 한 걸음 내디뎠다.

'아, 안 돼……! 오지 마! 오지 말란 말이다!'

흑살귀는 얼음기둥 속에서도 의식을 유지하고 있었다. 그렇기에 형운이 자신에게 다가오는 것을 보고 공포에 떨었다.

그것은 그가 힘없는 자들에게 선사하며 즐거워했던 감정이었다. 그는 형운이 다가오는 길지 않은 시간 동안 영원처럼 길고 끝나지 않는 두려움을 느꼈다.

그리고 마침내 형운의 발걸음이 멈췄을 때, 풍령국 사겁명 중 하나의 생명이 끊어졌다.

제117장
소리를 넘어서

성운을 먹는 자

1

무공에 있어서 경험이란 중요하다. 그리고 그 경험을 제공할 수 있는 스승이 있는가 없는가는 엄청난 격차로 작용한다.

내공심법을 이론만 배워서 익히는가, 아니면 자신의 기맥에 진기를 불어넣어 그 감각을 체험시킬 스승에게 지도받으며 익히는가부터 출발점이 아득할 정도로 멀리 벌어진다. 경험해 본 적 없는 것을 상상해 가면서 익히는 것과 체감한 것을 재현하는 것의 어려움이 같은 수준일 리 없지 않은가?

그런 점에서 서하령은 축복받은 환경을 가졌다. 주변에 무인으로서 익혀야 할 것들을 시범 보여줄 사람들이 있었으니까.

심지어 심상경의 절예조차도 마찬가지였다.

천유하는 말했다.
"달을 베는 것과 같았지요."
"달을 벤다고요?"
"검을 들면 수면에 비친 달을 벨 수 있습니다. 마음속에 달을 그리고 벨 수도 있겠지요. 하지만 그런다고 해서 진짜 달이 베어지는 것은 아닙니다."

그래서 천유하에게 있어서 심상경의 절예란 달을 베는 것과 같았다. 결코 닿을 수 없는 것마저도 베어버리는 마음의 검을 얻는 것이다.

"마음만으로는 벨 수 없는 것, 현실에서 검을 휘두르는 것만으로는 벨 수 없는 것……."

그렇게 서로 동떨어져 있던 두 가지 힘이 한 지점에서 만났을 때, 천유하는 비로소 자신이 인식하던 한계를 초월하는 힘을 얻었다.

"그것이 바로 심검(心劍)이었습니다."

서하령에게는 그저 뜬구름 잡는 소리처럼 들렸다.

하지만 천유하 입장에서는 이 이상 심상경을 남이 알아들을 수 있도록 구체화해서 설명할 수가 없었다. 그리고 그 점은 모든 심상경의 고수들이 마찬가지였다. 자신의 주관적인 감각을 표현할 수는 있어도 객관적인 이론을 정립하는 데 성공한 이는 아무도 없다.

형운은 말했다.

"경계 너머와 만나고자 하는 몸부림이었어."

"무슨 소리야?"

"현실과 심상은 일치하지 않아. 우리는 언제나 이 경계를 허물어뜨리기 위해 발버둥 치는 존재들이지."

마음먹는 것만으로는 현실이 변하지 않는다. 무인은 심상에 그린 이상을 체현하기 위해 끊임없이 노력하는 존재들이다.

"하지만 동시에 우리는 그게 불가능하다는 사실을 알고 있어. 이상은 이상일 뿐, 현실에서 도달하는 지점은 늘 끊임없는 타협 끝에 안착한 성과지."

"심상경의 절예는 다르다는 거야? 그것도 결국은 수단일 뿐이잖아. 절대적인 파괴의 심상을 구현한다고 해서 반드시 상대를 파괴할 수 있는 것은 아닌걸."

"그래. 그래도 우리는 그 수단을 구현하는 순간만큼은 경계 너머에 가 닿을 수 있어."

형운은 심상경에 오르기 전에 경계 너머를 보는 독특한 경험을 한 사람이다.

세상 만물은 기로 이루어져 있으며, 기와 기가 모여서 빚어낸 사이에는 영원한 경계가 존재한다. 마치 동전의 양면처럼

영원히 만날 수 없는 그 둘이 만나는 순간이야말로 심상경의
절예가 구현되는 순간이었다.

"그 너머에 있는 것을 알기에 갈망하는 마음이 나를 심상
경으로 이끌었어."

형운을 심상경으로 이끈 것은 상실의 아픔과 살아남은 자
로서의 책임감이었다.

하지만 이 또한 서하령에게는 역시 뜬구름 잡는 설명이었
다.

귀혁은 말했다.

"짜증 나지만 혼마의 관점은 아주 정확하다고 생각한다."

한서우는 서하령에게 심상경에 대해서 조언할 때 있는 것
을 갈고 다듬는 것이 아니라 본래는 인간이 갖지 못한 기능을
얻는 것이라고 했다.

"너는 당대의 성운의 기재들 중에서도 특출한 재능을 가졌
지. 그런 네가 심상경에 오르지 못한 것은 어쩌면 처음부터
너무 많은 것을 갖고 출발해서였는지도 모르겠구나."

역대 성운의 기재들은 형운만큼 빠르지는 않더라도 20대
에 심상경에 오르는 성취를 보인 경우가 많았다. 무상검존 나
윤극만 해도 20대 후반에는 심상경에 도달했으며, 그와 같은
세대 성운의 기재 중에는 스물두 살에 도달한 자도 있었다.

이번 세대만 해도 이미 흑영신교주와 천유하 두 명이 심상

경에 오른 것이 확인되었다. 귀혁이 보기에는 서하령이 그들보다 뒤처진 것이 이상할 정도였다.

"제가 기감이라는 기능을 얻는 과정을 겪지 못했기 때문에 그렇다고 보세요?"

"어쩌면."

"제약하는 것만으로는, 없는 것처럼 가정하는 경험만으로는 의미가 없었죠. 진정으로 갖지 못한 것을 얻는 경험이라……."

서하령은 형운 다음으로 귀혁이 고안한 수련법들을 많이 경험해 본 무인이다. 자신이 가진 무기를 잃었을 때 싸우는 법도 지긋지긋할 정도로 많이 훈련했다.

시각도, 청각도, 후각도, 미각도, 통각도… 심지어 기감이 제약되는 상황까지도 가정하고 훈련해 보았다.

하지만 그것들도 그녀를 괴롭히는 공백을 채워주지는 못했다.

"아저씨에게 있어서 심상경이란 무엇이었나요?"

"내 눈에는 보이지 않지만 분명히 존재하는 무언가, 나는 만질 수 없지만 타인은 만질 수 있는 무언가에 도달하기 위한 수단이었다."

귀혁의 대답에는 망설임이 없었다.

"그러나 내게 있어서 심상경에 도달하는 것은 어디까지나 처음 무공에 입문하여 기감을 얻었던 경험의 확장이었다. 그러니 네게 도움이 될 만한 부분은 경험 그 자체가 아니라 관점일 것이다. 그 부분에 있어서는 너는 나와 닮았지."

"관점……."

그것은 오랫동안 서하령이 몰두하는 과제가 되었다.

2

사혈검마는 아쉬움을 느끼고 있었다.

'애써서 만든 무대인데 정작 실전에서는 써먹어보지도 못하다니.'

그녀는 마을 하나를 공들여서 사령의 힘이 지배하는 무대로 만들었다. 그 무대를 전장으로 삼았다면 그녀에게 압도적인 유리함을 얻었으리라.

그러나 유감스럽게도 별의 수호자 일행은 그곳으로 들어와 주지 않았다. 그것으로도 모자라서 그녀의 사령술을 막기 위한 준비까지 철저하게 하고 왔다.

'골치 아픈 것들.'

이래서 금룡상단이나 별의 수호자처럼 돈 많은 것들은 상대하기 짜증 난다. 그들이 아니고서야 자신이 위령성으로 향했다는 정보를 구할 수도 없었을 것이고 저런 장비를 마련하는 것은 꿈도 못 꿨을 것이다.

우우우우우……!

곳곳에서 사령이 불길한 소리로 울부짖는다.

그러나 그 힘은 확장되지 못한다.

화아아악!

별의 수호자 무인들이 계속해서 정화의 힘을 발하는 기물을 써대고 있었기 때문이다.

나무 막대기 형태의 기물을 사방에 던져 꽂아서 새하얀 불길을 발하게 하고, 거기에 정체불명의 가루를 뿌려서 기세를 복돋운다. 또한 부적의 힘으로 병장기에도 정화의 힘을 더하니 사령들이 맥을 못 추었다.

그렇다고 해서 그녀의 무기가 전부 봉쇄당하고 있는 것은 아니었다.

키기기긱, 키키킥……!

인간을 삐죽삐죽하게 왜곡시킨 듯한 윤곽을 지닌 어둠의 괴물들, 마령귀들이 마인들을 도와서 치열한 전투를 벌인다.

크르릉! 카룽!

여섯 개의 다리와 기괴하게 일그러진 형상을 지닌 황소만 한 어둠의 짐승들, 사령수(邪靈獸)가 별의 수호자 무인들을 덮친다.

마을 하나를 지옥도로 바꾼 사혈검마는 어마어마한 사령의 힘을 얻었다. 마을이 전장이 아니더라도 지금 이 시점에서 투입할 수 있는 전력은 일인군단이라 불리기에 충분했다.

하지만 그 전력으로도 적들을 압도할 수가 없다.

'이 녀석들은 대체 뭐지? 졸개들마저도 수준이 이렇게 높을 수가 있나?'

사혈검마는 오랜 세월 동안 활동하면서 별의 수호자와도 몇 번이나 부딪쳐 보았고 얼마 전에는 수성이 이끄는 최정예와 싸워본 경험도 있었다.

그런데 지금 눈앞의 적들은 그녀가 경험해 본 별의 수호자 무인들의 평균 수준을 아득히 초월한다.

전사자가 나온 것도 초반에 삼두영사에게 허를 찔렸을 때와 사혈검마가 참전했을 때뿐이다. 그 후로는 부상으로 이탈하는 자는 나와도 전사자는 단 한 명도 발생하지 않았다.

'골치 아프군. 이러다가 만약 선풍권룡이 광무령을 쓰러뜨리고 오기라도 하면 대책 없는데……'

물론 그 반대라면 정말 좋다. 하지만 어느 쪽이 이길지 알수 없는 지금 상황에서는 둘이 결판을 내기 전에 성과를 얻고 싶었다. 그러려면 그녀 자신이 뛰어들어서 별의 수호자의 전열을 무너뜨려야만 했다.

하지만 지금은 그렇게 할 수가 없었다.

'이 녀석들만 아니었어도……'

사혈검마가 혀를 찼다.

마곡정이 집요하게 그녀에게 달라붙어서 격투를 벌이고 있었다.

파파파파파!

저주의 힘을 머금은 사혈검마의 검과 냉기를 휘감은 마곡정의 도가 연달아 부딪쳤다.

놀랍게도 마곡정은 격투전에서 사혈검마를 상대로 우위를 점하고 있었다.

"정말 겁 없는 애송이로구나!"

"보태준 거 없으면 닥치고 죽어!"

마곡정의 탁월한 신체 능력과 기파를 자유자재로 변화시키는 감각적인 도법이 결합되자 사혈검마조차도 수세에서 벗어날 수가 없었다. 사령의 힘과 기공전에서 활로를 찾아보려고 했지만 그것도 뜻대로 안 된다. 마곡정은 격투전에서 잡은 주도권을 철저하게 이용해서 사혈검마가 다른 기술에 집중하기 어렵게 만들었다.

'머리에 피도 안 마른 애송이 주제에 노련하기가 백전연마의 노장 같군! 그래도 이놈 혼자였다면 벌써 끝내고도 남았을 텐데 저 요망한 것이……!'

사혈검마가 혀를 찼다. 마곡정이 우세한 것은 뒤쪽에서 서하령이 지원하고 있는 덕분이었다.

투두둥! 투학!

매섭게 휘몰아치는 흑혈 덩어리가 서하령의 음공과 기공에 가로막혔다.

사혈검마는 일반 무인처럼 격투와 기공만을 무기로 삼지 않는다. 흑혈과 사령의 힘까지 총 네 가지 무기를 다룬다.

이것을 전부 혼자 감당해야 했다면 마곡정은 지금처럼 우세를 점하지 못했으리라. 하지만 서하령이 흑혈을 전담해 주자 상황이 완전히 달라졌다.

'그렇다고는 해도 정말 겁 없는 놈이구나. 한번 당하고서도 조금도 움츠러들지 않다니.'

사혈검마가 가면 안에서 눈을 가늘게 좁혔다.

동시에 한 줄기 빛의 선이 마곡정을 가르고 지나갔다.

"큭……!"

시야가 빛의 궤적으로 갈라진 마곡정이 멈칫했다.

심검(心劍)이었다.

하지만 마곡정은 시야가 마비되어서 멈칫했을 뿐이지 기화하지는 않았다. 문제는 그것도 격전 중에는 목숨이 날아가고도 남는 허점이라는 것이다.

투학!

안색이 창백해진 마곡정 앞에서 불꽃이 튀었다.

서하령이 그의 어깨를 잡고 끌어당기면서 끼어들었기 때문이다. 그녀는 춤을 추듯 유려하게 마곡정과 위치를 바꾸면서 사혈검마와 마주섰다.

사혈검마가 혀를 내둘렀다.

"설마 그런 호부를 두 개나 가졌을 줄이야. 인간을 재료로 쓴 것은 아닐 테니 같은 무게의 금보다도 훨씬 비쌀 물건을 아낌없이 지급하다니 과연 별의 수호자로구나."

마곡정이 심검을 맞고도 버틴 것은 품에 심상경의 절예를 방어할 수 있는 호부를 갖고 있었기 때문이다. 장로회가 이번 일을 워낙 중요시했기 때문에 직위가 높은 자들은 혹시라도 흑영신교의 팔대호법이나 광세천교의 칠왕을 상대할 때를 대비하여 이 호부들을 지급받을 수 있었다.

마곡정이 지급받은 호부는 두 개. 그리고 방금 전의 일격까지 두 번의 심검을 당함으로써 모두 소진되었다.

마곡정이 한숨을 쉬었다.

"…미안해, 누나."

"이럴 때는 고맙다고 하는 거야."

"이제는 내가 지원을……."

"아니, 이젠 다른 사람들을 도와줘."

서하령은 그를 돌아보지 않고 말했다.

"……."

그 말에 마곡정은 굴욕감을 느꼈지만 어쩔 수 없이 진법의 영향 범위까지 물러났다. 심검을 막을 수단이 없는 이상 서하령이 했던 지원 역할을 맡는 것도 불가능하니까.

홀로 자신과 마주 선 서하령을 사혈검마가 비웃었다.

"번갈아가면서 나를 상대하면서 승기를 잡을 생각이었던 것 같은데 안됐구나."

마곡정이 버틴 시간은 반각(약 7~8분) 정도였다.

다른 사람들과 뭉쳐서 진법의 영향 범위 안에서 싸웠다면 좋았을 것이다. 하지만 사혈검마는 절대 그 범위 안으로 들어와 주지 않았기에 심상경의 절예와 부딪치는 것을 각오하고 나갈 수밖에 없었다.

그 점은 서하령도 마찬가지다.

"너라면 다를 거라고 생각하느냐?"

사혈검마는 격투를 벌이면서도 차분하게 심검을 준비해서 발할 수 있는 경지였다.

즉 격투전과 기공전에서 사혈검마와 겨룰 실력을 가졌어도 심상경의 절예를 막을 방법이 없다면 필패였다. 서하령이 마곡정처럼 호부를 지니고 있다고 해도 결국은 소모품일 뿐이다.

"자신이 벌써 두 번이나 심검을 썼다는 것은 알고 있어?"

서하령이 도발적으로 묻자 사혈검마가 웃었다.

"믿는 게 그것이었느냐? 유감스럽게도……."

그녀의 주변에 일렁이는 사령의 기운이 몸속으로 빨려 들어갔다.

"다른 곳에서 만났다면 모를까, 지금의 나는 수십 번도 더 심검을 쓸 수 있단다."

"그렇군."

서하령은 납득했다는 듯 고개를 끄덕였다. 하지만 아름다운 얼굴에는 망설이거나 두려워하는 기색이 없었다.

사혈검마는 궁금해졌다.

'뭘 믿고 있는 거지?'

또 누군가 합공을 펼칠 사람이 나오길 기다리고 있는 것일까?

하지만 그녀는 그 의문을 부정하듯 한 걸음 앞으로 나섰다.

"미리 말해둘게."

"뭘 말이지?"

"내가 지닌 호부는 네 개야."

"호오. 설마 심검을 네 번 맞기 전에 승부를 내겠다, 뭐 그런 소리를 하고 싶은 게냐?"

"아니."

서하령이 황백색 눈동자로 사혈검마를 노려보며 말했다.

"당신을 처치할 때까지 네 개 중에 단 하나도 쓰지 않겠어."

동시에 전투의 소음 속에 묻혀 있던 노랫소리가 서서히 존재감을 드러내기 시작했다.

3

평온하고 아름다운 노랫소리였다. 마치 나른한 날 창밖에서 목소리 좋은 아이들 여럿이 모여서 흥얼거리는 것 같은 가락에 취해서 잠들어 버리고 싶은 충동이 든다.

그러나 사혈검마는 그 아름다운 소리를 무참하게 짓밟았다.

흐어어어어!

사령이 흐느끼고 통곡한다. 압도적인 음량과 그 안에 실린 저주의 힘이 서하령이 음공으로 자아낸 소리를 덮어버린다.

"예전에, 바다 건너 먼 곳에서……."

하지만 서하령은 흔들리지 않는다.

"…내게 노래로 싸우는 법을 가르쳐 준 요괴가 있었어."

"음?"

사혈검마가 놀랐다.

그녀가 사령들로 하여금 토해내게 한 음량은 일반인이라면 고막이 터질 것처럼 크고, 몸이 떨려서 쓰러져 토할 것처럼 강렬하다. 제아무리 서하령이 음공의 고수라고 할지라도 수십 수백의 사령이 토해내는 저주의 소리 앞에서는 기술 이전에 음량으로 압도당할 수밖에 없다.

그렇게 생각했는데…….

"힘으로 윽박지르기만 하는 소리로 노래를 짓밟는다. 노래하는 자들은 언제나 그 추잡하고 저열한 발상을 이겨내 왔지."

서하령의 목소리가 또렷하게 전달되어 왔다.

라아아아…….

그리고 노랫소리 역시 끊이지 않고 울려 퍼지는 게 아닌가?

하지만 곡조는 달라졌다. 평온했던 가락이 조금씩 흥겹게,

그러다가 격정이 느껴지는 큰 울림으로 변해가며 사령들의
소리를 집어삼키고 있었다.

소리의 싸움은 음량만으로는 이길 수 없다. 높고 낮음을,
얕고 깊음을, 빠르고 느림을 모두 이해하고 자아내는 자라면
폭풍우 너머로도 자신의 목소리를 보낼 수 있으리라.

"기가 막히는군……."

사혈검마가 전율했다.

하지만 두려움을 느끼지는 않았다. 가면 속의 추악한 얼굴
이 희열에 차 웃고 있었다.

"더욱더 갖고 싶구나."

"무엇을?"

"너를."

"……."

"네 아름다운 눈을 핥고, 반듯한 귀를 씹고, 향긋한 피를 마
시고, 눈부신 영혼을 삼킬 것이다. 그러면 나는 필시 또 다른
존재로 변할 수 있으리라."

그 목소리에 소름 끼치는 갈망이 묻어나고 있었다.

"진부해. 마인도, 요괴도 어쩌면 이리도 천편일률적인지
모르겠네."

그러나 서하령은 눈썹 하나 까딱하지 않았다. 이 정도 광기
에 몸서리치기에는 험한 일들을 너무 많이 겪었으니까.

그리고 마침내 둘의 거리가 검이 닿는 거리까지 줄어들었다.

두 줄기 섬광이 교차했다.

새카만 저주를 휘감은 검과 푸른 기운을 두른 손이 충돌한다. 첫 격돌의 여파가 미처 퍼져 나가기도 전에 질풍처럼 허공에 빛의 궤적을 그려냈다.

투하하하학!

첫 격돌에서 사혈검마는 경악했다.

'어린것의 실력이……'

누가 봐도 사혈검마가 압도적으로 유리한 상황이었다. 명성으로 봐도 그렇고 객관적인 상황을 봐도 그렇다.

그런데 실제로 격돌하자 서하령이 그녀를 압도했다. 너무나도 쉽게 검의 거리 안쪽으로 파고들면서 공격을 가한다. 사혈검마는 뒤로 물러날 수밖에 없었다.

쉬쉬쉬쉬쉭!

새카만 검이 무시무시한 기세로 춤춘다. 검에 닿지 않아도 거기서 뻗어 나간 기운이 허공을 난도질하니 도저히 접근이 불가능해 보였다.

티딩!

그러나 서하령은 최소한의 움직임만으로 모든 검격을 피하다가 그중 하나를 골라서 검면을 손가락으로 쳤다. 그 접촉을 통해 발한 침투경 때문에 사혈검마의 움직임이 주춤하는 순간 과감하게 안쪽으로 뛰어들면서 일권을 날렸다.

꽝!

폭음이 울리며 사혈검마가 뒤로 튕겨 나갔다.

서하령은 그녀가 나가떨어지는 것을 두고 보지 않았다. 똑같은 속도로 뛰어들면서 추가타를 날렸다.

쉬쉬쉭!

바로 그 순간 허공에 검은 선들이 뻗어 나갔다.

발 아래쪽에서, 등 뒤에서, 그리고 정면에서… 흑혈이 가시처럼 변화하면서 서하령을 노린다. 완벽하게 설계된 함정이었다.

그러나 다음 순간 사혈검마가 경악했다.

'분신?'

자신에게 뛰어든 서하령은 실체가 아니라 분신이었던 것이다.

투학!

그리고 가려진 시야 너머에서 격공의 기가 날아들었다.

퍼퍼퍼퍼펑!

이어서 청백색 기공파가 소나기처럼 쏟아져 내리며 폭발했다.

'누가 성운의 기재 아니랄까 봐 질릴 정도로 재주가 좋은 계집이로군!'

놀랍게도 그 기공파는 서하령 본연의 기질이 아니라 도가무공 특유의 정화력을 머금고 있었다. 귀혁이 그러했듯 서하령도 자신의 기운을 뜻대로 변환시키는 데 능했던 것이다.

아아아아아아!

그리고 폭발을 뚫고 노랫소리가 울려 퍼졌다. 그 노래를 듣는 순간 사혈검마의 눈앞이 새하얗게 변해 버렸다. 일순간 감각에 너무 많은 정보가 쏟아져서 과부하가 걸려 버린 것 같은 느낌이었다.

'음공인가!'

오싹한 공포가 등줄기를 달려갔다.

사혈검마는 한순간도 망설이지 않았다. 전속력으로 몸을 뒤로 빼면서 폭풍처럼 검격을 뿌려댔다.

콰콰콰콰콰!

접근할 틈을 줘서는 안 된다. 사혈검마는 주변을 초토화시킬 기세로 공격을 쏟아냈다.

사령들이 그녀의 귓가에 대고 상황을 속삭인다.

―왼쪽에서 접근.

―흑혈의 움직임이 둔화되고 있다.

시각이 마비된 상황에서도 그녀는 상황을 알 수 있었다.

'무서운 계집! 닥치는 대로 뿌려대는 것만으로는 저지할 수가 없군.'

내공과 다루는 힘의 규모에서 압도하는데도 서하령을 저지할 수가 없다. 그녀는 이런 상황에 이력이 난 것처럼 차곡차곡 길을 만들어가며 거리를 좁혀왔다.

티디딩……!

더 기가 막힌 것은 검사인 사혈검마가 검이 닿는 거리에서 싸우는 것조차도 유리한 상황이 아니라는 것이다.

서하령은 악착같이 손발이 닿는 거리로 파고들려고 하는 대신 검 그 자체를 공격했다. 서하령의 손이 검면에 접촉할 때마다 매번 기질이 달라지는 침투경이 기의 운행을 흐트러 뜨렸다.

'모든 공격에 항상 다른 기질의 침투경을 발하다니! 세상 에, 정말 이런 게 가능했단 말인가?

이쯤 되면 당하는 입장인데도 감탄이 나올 정도다.

물론 계속 당해줄 생각은 없었다.

쉬이익!

날카로운 검격이 허공을 갈랐다.

그리고 잘린 머리카락 몇 가닥이 허공을 날았다. 그 너머로 서하령이 조금 놀란 표정을 짓고 있었다.

처음으로 사혈검마의 검이 서하령을 물러나게 만들었다. 사혈검마는 기다렸다는 듯 수세에서 공세로 전환했다.

쉬쉬쉬쉬쉭!

사혈검마의 검이 예측 불허의 궤도를 그려내기 시작했다.

지금까지도 변화무쌍했지만 그래봤자 천라무진경을 익힌 서하령의 예측을 벗어나지 못했다. 격투전에서 압도하고, 기 공전에서 우위를 점하고, 거기에 음공을 더해서 흑혈과 사령 의 힘을 막아내고 있었는데 격투전의 균형이 바뀌자 서하령은 정신없이 밀려나야 했다.

'사령인의 특성을 이런 식으로 쓸 수 있었구나.'

서하령은 정말 놀랐다.

공세로 전환한 사혈검마의 검술은 기괴했다. 아무리 변화무쌍한 검술이라고 해도 그 폭에는 한계가 있다. 몸의 자세와 어깨, 팔꿈치, 손목 관절이 허락하는 것 이상의 변화를 할 수 없으니까.

그런데 사혈검마의 검술은 그 한계를 뛰어넘었다.

쉬이익!

검이 서하령의 소매를 베고 지나갔다. 검기가 피부를 긁고 지나가면서 화끈한 통증이 느껴진다.

그 검이 그려낸 것은 서하령이 사혈검마의 자세와 기의 운행을 보고 예측한 것과 전혀 다른 궤도였다. 그런 일이 가능한 것은 사혈검마가 사령인이기 때문이다.

'몸의 일부만을 안개로 바꾸다니.'

사혈검마는 사령인들의 특기라고 할 수 있는 몸의 안개화를 변칙적으로 써먹었다. 몸의 일부, 예를 들면 관절 부위만을 안개화함으로써 상식적으로는 불가능한 검술을 구사했던 것이다.

휘둘러지는 검끝이 어떻게 꺾일지 알 수 없다.

찔러오는 검이 어디까지 뻗어올지 예측할 수 없다.

격투전에 있어서 가장 중요한 것, 거리감과 방향감을 엉망

진창으로 흩뜨려 놓는 흉악한 수법이었다. 이 수법을 무시무시한 힘과 속도를 자랑하는 사혈검마가 펼치니 서하령도 쉽게 대응할 수 없었다.

"하지만 그것도 시간문제겠지. 너라면 분명 답을 찾을 것이다. 그렇지 않느냐?"

"……."

"여기서 끝을 내자꾸나."

순간 휘둘러지던 사혈검마의 검이 빛으로 화했다. 그리고 서하령이 미처 대응할 틈조차 없이 그녀의 목을 가르고 지나갔다.

"하나."

사혈검마가 즐기듯이 수를 세었다.

서하령의 말이 진실이라면 앞으로 세 번만 더 베면 호부를 모조리 소진시킬 수 있으리라. 그 후에 한 번 더 베는 것으로 서하령의 머리와 목을 깨끗하게 분리시켜 그 몸을 가질 것이다.

그렇게 생각한 순간, 심검에 목을 베인 서하령의 몸이 눈부신 빛을 발했다.

"아니?!"

경악하는 사혈검마를 폭발하는 빛이 집어삼켰다.

'설마 이건……!'

그리고 노래가 들려왔다.

낮게 내리깔리는 목소리는 어딘가 무겁게 탄식하는 것처럼 들렸다. 그런 감상을 느끼는 순간 반대편에서 또 다른 목소리가 들려온다. 처음에 들린 것과는 대조적으로 기쁨으로 가득한 목소리였다.

그다음으로는 차분한 목소리가, 나른한 오후 같은 목소리가, 칭얼거리는 어린아이 같은 목소리가, 사람이 복작거리는 시장처럼 활기찬 목소리가, 사랑에 빠진 것처럼 애절한 목소리가, 배불리 먹고 만족하는 목소리가…….

'그, 그만!'

헤아릴 수 없을 정도로 많은 노래가 뇌리로 쏟아져 들어왔다. 그 하나하나를 인지하는 것만으로도 머리가 터질 것만 같아서 거리를 둔다. 그러자 이윽고 그 모두가 어우러진 합창만이 들린다.

사혈검마는 제각각인 것 같은 그 소리들이 아름답게 어우러진다는 사실에 전율했다.

'……'

일순간 백일몽을 꾼 것 같다.

사혈검마는 가면 속에서 눈을 깜빡거렸다. 새하얗게 변해버렸던 시야가 서서히 제 모습을 되찾는다.

동시에 압도적인 실감에 몰려들었다.

자신이 아직 살아 있다는 실감, 그리고…….

"하……."

죽음이 바로 눈앞으로 다가왔다는 실감이.

"…그 나이에 무극에까지 손이 닿았더냐?"

서하령의 손이 그녀의 가슴뼈를 부수고 심장을 움켜쥐고 있었다.

도망칠 수 없다. 서하령의 침투경이 기맥에 파고들어서 안개화를 차단하고 있었다.

"무극만백가(無極萬百歌)."

서하령이 담담하게 대답하며 손을 뽑아냈다.

소리의 굴레를 초월한 노래.

그것이 바로 서하령이 도달한 심상경의 경지였다.

서하령이 아는 심상경의 무인 중에서 가장 일반적인 과정을 거쳐 심상경에 도달한 자는 아마도 천유하일 것이다. 무인으로서 늘 실감하는 현실의 한계를 뛰어넘어 이상을 구현하고자 하는 갈망이 그를 심상경으로 이끌었다.

하지만 서하령은 어느 순간 자신은 그런 방법으로는 심상경에 도달할 수 없다는 사실을 깨달았다.

귀혁의 말대로 그녀가 무공을 보는 관점 자체가 순수한 무인과는 거리가 멀었다. 그녀는 이상을 구현하기 위해 초월적인 수단을 갈망하는 게 아니라 실현 가능한 방법을 연구하는 사람이다.

'심상경을 올라가야 하는 도달점으로 봐서는 안 돼.'

그저 아직 손에 넣지 못했을 뿐인 도구처럼 인식해야 한다.

그것이 가능했던 것은 서하령의 주변에 교본이 되어줄 사람들이 있었기 때문이다. 부탁만 하면 기꺼이 심상경의 절에를 보여줄 사람이 있다는 것은 기연이나 다름없는 행운이었다.

그녀는 그 행운 덕분에 자신이 가야 할 길을 발견할 수 있었다.

시공간의 제약을 뛰어넘고, 물질의 성질마저 무시하는 절대적인 파괴의 심상?

서하령은 그런 것을 갈구하지 않았다. 애당초 그녀는 절대적인 파괴의 심상을 구현해도 절대적인 파괴가 불가능하다는 모순을 안다. 그것을 알면서도 그 힘을 순수하게 갈망하는 것은 그녀에게는 불가능한 일이었다.

그녀는 자신이 낼 수 없는 소리를 갈망했다.

소리를 다루면서도 소리이기에 가질 수밖에 없는 한계를 뛰어넘고 싶었다.

인간이 목소리만으로는 낼 수 없는 소리를 갈구해서 악기를 만들었듯이, 그녀는 자신이 낼 수 없는 소리를 탐한 끝에 심상경의 영역에 올라섰다.

"크허억……."

심장을 잃은 사혈검마가 비틀거리며 그녀를 바라보았다. 인간이라면 벌써 죽었어야 했지만 사령인인 사혈검마의 목숨은 질겼다.

"처음부터, 이럴 생각, 이었구, 나……."

서하령은 대답하지 않았지만 그 침묵이야말로 사혈검마에게는 훌륭한 대답이었다.

마곡정을 앞에 세운 것은 사혈검마의 실력을 파악하고자 함이었다. 그리고 그 짧은 공방에서 서하령은 원하는 모든 정보를 얻었다.

사혈검마의 검술, 기공, 흑혈과 사령의 힘은 물론이고 심검을 펼치는 데 어느 정도의 시간이 걸리는지까지도.

그리고 그것은 사혈검마가 심검을 펼치는 순간, 무극만백가로 반격해서 치명적인 틈을 만들어내기 위해 쓰였다.

"아……."

사혈검마는 일그러진 욕망을 중얼거리며 무너져 내렸다.

"갖고, 싶었는데……."

4

절혼광도는 할 말을 잃은 채로 그 자리에 서 있었다.

그가 부하들을 이끌고 도착한 것은 아직 전투가 끝나기 전이었다. 하지만 그는 개입하기를 포기했다.

'이렇게 간단히 승부가 나버리다니.'

광무령을 지지하는 부관에게 분노하긴 했지만, 그래도 그는 자신이 시간 맞춰서 도착한다면 승산이 있다고 판단했다.

삼두영사가 사겹명 중 둘을, 그것도 광세천교에서도 인정하는 고수인 사혈검마를 끌어들였으니까.

하지만 턱없는 오산이었다.

형운은 예상한 것보다 훨씬 강했다. 광무령을 전혀 고전하지 않고 쓰러뜨린 것은 물론이고 은신해 있던 흑살귀까지 잡아서 죽여 버렸다.

그리고 사혈검마는 그보다 약간 앞선 시점에서 서하령에게 쓰러졌다.

'난입하기에는 너무 늦게 도착한 것은 광세천께서 보우하심일지도 모르겠군.'

만약 절혼광도가 난입했다면 별의 수호자에게 꽤 큰 피해를 입힐 수 있었을 것이다. 그러나 과연 승리할 수 있었느냐고 묻는다면 고개를 저을 수밖에 없다.

그는 무인으로서는 심상경에 오르지 못했다. 대신 술법이 뛰어났지만 그것만으로는 형운을 상대로 승산이 있다고 보지 않았다.

"퇴각한다."

그러자 부관이 놀라서 물었다.

"삼두영사님을 구하지 않을 겁니까?"

광무령도, 흑살귀도, 사혈검마도 죽었지만 삼두영사는 아직 분투하고 있었다.

하지만 그것은 죽음을 앞둔 맹수의 발악이나 마찬가지였

다. 여유가 생긴 별의 수호자의 기환술사들이 삼두영사가 빠져나가지 못하도록 기환진을 구축했기 때문이다.

"구할 방도가 있는가?"

"아직 전투가 끝나지 않았습니다. 놈들을 급습해서 잠깐이라도 틈을 만들어 드린다면 빠져나오실 수……."

"자네가 하면 되겠군."

"네?"

"그 임무, 자네에게 맡기도록 하겠다. 반드시 삼두영사님을 구출하도록."

"그, 그런……."

절혼광도는 안색이 창백해진 부관을 돌아보지 않았다. 형운이 자신들의 전력이 어느 정도인지 파악하고 급습해 오기 전에 이 자리를 떠나야 했다.

제118장
사형제지간

성운을 먹는 자

1

"광세천의 종도 고민이 많겠군."

듣기 좋은 목소리였다. 발음이 또렷하고, 울림이 선명하며, 그러면서도 귀에 거슬리지 않는다. 그저 말을 하고 있을 뿐인데도 눈을 감고 음미하고 싶은 기분이 드는 그런 미성이었다.

그 목소리의 주인은 긴 검은 머리칼에 옥을 깎아놓은 듯한 이목구비를 지닌 청년이었다. 수려하고 기품 있지만 어딘가 음울한 혼돈이 느껴지는 그는 산 위를 걷고 있었다.

"우리가 겪은 고난을 알게 되겠지요."

대답한 것은 온통 검은 옷에 검은 태양의 문양이 그려진 가면을 쓴 거구의 사내였다.

청년이 웃었다.

"그대의 말대로다, 암천령. 그들도 이제 슬슬 인력 부족이라는 난제를 겪을 때가 되었지. 우리는 목표를 위해 그 시련을 자처했지만, 그들은 스스로의 어리석음에 의해 겪게 될 것이다."

"교주님의 말씀대로입니다."

청년은 흑영신교주였으며, 그를 보필하는 가면의 남자는 팔대호법 암천령이었다.

문득 교주가 걸음을 멈추었다. 그가 있는 곳에서는 산 아래쪽을 볼 수 있지만 아래쪽에서는 나무들 때문에 그를 볼 수 없는 절묘한 위치였다.

암천령이 물었다.

"그냥 보내주실 생각입니까?"

"어느 쪽을 말인가?"

교주가 되물었다.

높은 곳에서 내려다보면 산 아래쪽에 있는 두 무리를 한 번에 살필 수 있었다. 한쪽은 그 자리에서 상태를 점검하고 있고 다른 한쪽은 빠르게 물러나는 중이었다.

둘은 조금 전까지 격전을 펼쳤다. 그리고 한쪽은 피해를 입긴 했어도 승리했고 다른 한쪽은 패배해서 도주하고 있었다.

"개인적으로는 광세천의 머저리들이라고 말씀드리고 싶습니다만……."

암천령이 패배해서 도주하는 쪽을 보며 비웃음 소리를 냈다.

"유감스럽게도 이번에는 별의 수호자 쪽입니다. 수성을 없앨 기회이지 않습니까?"

"지금이라면 잡을 수 있을지도 모르지."

수성 윤호현이 이곳에 있는 것은 광세천교의 간계에 빠졌기 때문이다.

광세천교는 그가 형운과 합류해서 윤극성에 가는 것을 원치 않았다. 그래서 임무를 나간 그의 막내 제자를 이용해서 그를 불러들였고, 칠왕과 구영을 투입해서 그를 없애 버리려고 했다.

그러나 그들이 원하는 결과가 나오지 않았다.

난화육검 중 둘을 포함한 풍령국 본단 최정예 병력을 이끌고 온 윤호현은 무시무시한 무위로 칠왕과 구영을 쓰러뜨렸고, 그곳에 있던 광세천교도들도 괴멸에 가까운 타격을 입었다.

광세천교로서는 전율할 수밖에 없었다. 그들은 여기서 윤호현을 잡기 위해서 자신들에게 유리한 판을 깔아두었는데도 오히려 패퇴하고 만 것이니까.

그러나 별의 수호자 측의 피해도 작지 않았다. 윤호현은 깊은 내상을 입었으며, 그를 따라온 난화육검 중 한 명이 전사했다.

"굳이 위험을 감수할 가치가 없는 일이다."

교주가 웃었다.

칠왕의 공석을 채운 지 얼마 되지도 않아서 또 두 명이나 죽었다. 지금까지 광세천교는 흑영신교와 달리 전력을 온존한 편이니 아직 대체할 만한 인력이 남긴 했겠지만 그래도 질이 하락하는 것은 피할 수 없는 문제이리라.

"광세천의 종들도 목적은 이루었지. 수성은 선풍권룡과 합류하지 못할 테니까."

광세천교는 전략 목표를 달성했다. 비록 그 목표를 이루기 위해서 치른 대가가 너무나도 컸으니 과연 그럴 만한 가치가 있었는지는 의문이지만…….

"그러니 이제는 지켜보기로 하지. 과연 저들이 오랫동안 풍령국에서 그려온 그림이 제대로 완성될 수 있을지. 그리고……."

여유 넘치는 미소를 짓고 있던 흑영신교주의 표정이 싸늘해졌다.

"그들이 천명을 강탈하여 만들어낸 그릇, 가능성의 괴물이 어떻게 완성되었을지."

2

광무령과 사혈검마가 쓰러지고 나자 전투가 종결되기까지

는 오래 걸리지 않았다.

삼두영사의 필사적인 발악은 더 이상 별의 수호자 무인들에게 피해를 입히지 못했다. 중간에 은밀하게 다가온 광세천교도 하나가 기습을 통해서 삼두영사가 도망칠 틈을 벌어주려고 했지만…….

"왜 이놈 혼자 온 거지?"

형운은 그가 뭔가 시도하기도 전에 그를 제압했다. 하지만 심문을 시도하기 전에 그가 스스로 혈맥을 끊어서 자결했기 때문에 무슨 의도였는지는 알 수가 없었다.

축 늘어진 그의 시체를 보던 형운이 먼 곳을 보며 중얼거렸다.

"물러갔군. 도무지 무슨 생각인지 짐작이 안 가는데……."

"무슨 소리야?"

마곡정이 물었다.

"저쪽에서 우리를 지켜보고 있던 놈들이 있었어. 아마 광세천교도들이었던 것 같은데……."

"아니, 그걸 왜 놔둔 거야?"

"얼마나 되는지 알 수가 없었으니까 그렇지."

저편에서 자신을 지켜보는 자들이 있다는 것은 알겠는데 구체적인 수를 알 수가 없었다. 당장 그의 눈에 포착된 자들만이라면 추격해서 잡는 것이 옳을지도 모르겠지만, 사혈검마가 마인들을 동원했을 때 그랬듯이 어느 정도 떨어진 곳에 추가 병력을 매복시켜 두기라도 했다면 곤란해진다.

이미 한번 감정에 휘둘려서 적의 함정 속으로 뛰어 들어갔던 형운은 신중해질 수밖에 없었다.

'음?'

문득 형운이 고개를 돌렸다. 자신을 뚫어져라 바라보는 시선을 느껴서였다.

정무격이 그를 형언할 수 없을 정도로 복잡한 감정이 담긴 눈으로 보고 있었다.

여기까지 오는 여정 속에서 형운과 그는 서로가 싸우는 모습을 봤다. 그러나 서로의 전력을 볼 기회는 이번이 처음이었다.

그리고 정무격은 형운의 실력이 소문 이상의 것임을, 마곡정에게 들은 정보로 추측한 수준을 능가한다는 것을 확인하고 전율했다.

"……."

주변이 분주한 가운데 두 사람은 말없이 서로를 바라보고 있었다. 그 기묘한 상황을 깬 것은 백건익이었다.

"전사자는 세 명, 경상자 일곱 명, 중상자는 네 명일세. 중상자 넷은 아무래도 더 임무를 수행하기는 무리일 것 같군."

"그렇군요."

형운의 표정이 침중해졌다.

광세천교의 칠왕 한 명에 수호마수, 거기에 풍령국 사겹명 중 둘까지 잡았다. 이 전과에 비하면 일행이 입은 피해는 사소하다고 할 수 있을 것이다.

그러나 형운은 아직도 사람의 목숨을 손익으로만 계산할 수 없었다.

백건익이 목소리를 낮춰서 덧붙였다.

"우리 쪽 인원은 전사자가 둘, 중상자가 하나일세."

나머지는 방순혁이 데려온 풍령국 본단의 인원이라는 소리였다.

"알겠습니다. 그럼 전사자 시신 수습하고, 부상자를 실어 나를 준비를 하고… 그리고 마을 사람들 시신을 모아서 태워 주도록 하죠."

형운은 마음 같아서는 죽은 마을 사람들의 시신을 정중하게 매장하고 장례도 치러주고 싶었다. 하지만 현실적으로 무리였다. 사령의 힘 때문에 변질된 시신들이니 전부 모아서 태우면서 기환술사들이 정화의 의식이나 치러주는 게 가장 좋으리라.

"그러는 게 좋겠군. 그나저나…….'"

백건익이 흘끔 서하령을 바라보았다.

"자네는 알고 있었나?"

형운은 뭘 알고 있냐고 묻는 것인지 되묻지 않았다.

"네."

"…난 요즘 산 넘어 산이라는 말이 무슨 뜻인지 실감하는 중일세."

백건익이 한숨을 푹 쉬었다.

이 여정을 시작하기 전까지, 서하령이 심상경에 오른 것을 알고 있는 사람은 귀혁과 이 장로, 형운과 마곡정 네 사람뿐이었다.

"자네 때문에 실감하기 어려웠지만… 성운의 기재는 정말 대단하군."

형운도 그 말에 동의했다. 흑영신교주를 필두로 천유하와 서하령까지 벌써 세 명의 성운의 기재가 심상경에 오르지 않았는가. 어쩌면 그들을 제외한 다른 성운의 기재들도 마찬가지일지도 모른다.

'아니, 그럴 가능성이 높겠지.'

그들은 매 세대마다 세상을 경동시켜 온 절세의 기재들이다. 비록 형운이 비상식적인 성장세로 그들을 앞섰다고 해도 그 또한 한때의 일일 뿐 언제까지고 우위를 점한다는 보장은 없다.

"무인으로서는 질시할 수밖에 없군. 자네도, 그녀도."

백건익이 쓴웃음을 지었다.

그 역시 넘치는 재능의 소유자다. 항상 경쟁자들을 앞서가며 수많은 질투와 선망의 시선을 받아왔다.

그리고 지금 이 순간, 그는 타인이 자신을 보던 심정이 어떠했는지 알 수 있었다. 그들 역시 이토록 안타깝고 비참한 기분이 아니었을까.

곧 백건익이 자리를 뜨자 마곡정이 한숨 섞인 목소리로 말했다.

"또 한 소리 듣겠군."

"몰랐다고 잡아떼."

"그럴 생각이긴 한데, 슬슬 한계야. 이러다가는 진짜 한바탕할지도……."

"한바탕하다니?"

"정 사형이랑."

"뭐?"

형운이 놀라자 마곡정이 시큰둥한 표정으로 말했다.

"뭘 그렇게 놀라? 내 성질 잘 알면서."

"어, 아니, 너 사형들은 존중해 주는 편이었잖아?"

"날 안 건드리는 동안에는 그렇지. 근데 정 사형이 요즘 좀 많이 짜증 나게 굴어서. 내 상관도 아닌 주제에 사부님도 뭐라고 안 하는 일로 이러쿵저러쿵 군기 잡으려고 드는 게 슬슬 참아주기가 힘들어."

"흠. 일 크게 벌이진 마라."

"누굴 애로 보냐? 척마대 생활 하면서 내가 친 사고보다 네가 친 사고가 많은 것 같다만?"

"윽……."

그 말에 형운의 표정이 썩어 들어갔다. 다른 누구도 아니고 마곡정에게 들은 말이다 보니 부정하고 싶은데, 그건 절대 아니라고 말하고 싶은데…….

'와, 젠장. 진짜 그렇네?'

마곡정은 어린 시절의 성질머리를 생각하면 상상하기 어려울 정도로 조직 생활을 잘했다. 형운도 마곡정이 없었다면 척마대가 안정세에 접어들기까지의 과정이 훨씬 힘들었을 것이라고 인정할 정도로.

"이번 건만 해도 그렇지. 척마대주로 일한 지가 얼만데 그렇게 뻔히 보이는 함정으로 뛰어들어 가시고 그러나."

"그건… 아니, 내가 할 말이 없다."

"아니까 다행이다. 그 성질머리 좀 죽이고 머리를 쓰라고 머리를."

"……."

마곡정의 빈정거림에 형운은 몸을 부들부들 떨 뿐, 한 마디도 반박하지 못했다.

3

작년 환마 사태 이후 윤극성은 외부에서 많은 지탄을 받았다.

기본적으로 윤극성은 폐쇄적인 지역이다. 그렇기에 사람들은 그 안에서 무슨 일이 일어나고 있는지 잘 모른다.

그들은 그저 윤극성이 막강한 힘을 지녔으면서도 풍령국 내부의 혼란을 정리하기 위해 노력하지 않는 것을 욕했다. 누구보다도 환마와 싸워온 경험이 많으면서도 위령성 사태에 나서지 않았고, 그 후에도 외부에는 도움의 손길을 보내지 않은 것을 곱지 않게 본 것이다.

"속 편해서 좋겠어. 여기 와서 하루만 지내봐도 그런 생각을 안 할 텐데……."

한 청년이 얼어붙은 땅에서 도시의 관문으로 들어오며 새하얀 입김을 불었다.

그는 혼자가 아니었다. 완전무장한 스무 명의 인원이 그와 함께하고 있었다.

그들과 같은, 흑청색 옷에 가죽으로 만든 보호구를 입고 있음에도 청년은 굉장히 눈에 띄었다. 얼굴은 앳되어 보이는데도 머리칼은 눈처럼 희었으며 눈동자는 청록색을 띠고 있었기 때문이다.

양쪽 허리에 쌍검을 차고 등 뒤에 또 한 자루의 검을 멘 그는 성운의 기재 위해극이었다.

그가 하운국으로 가서 형운과 만난 지도 어느새 9년이라는 세월이 흘렀다. 올해로 스물다섯 살이 된 그는 아무리 봐도 그 나이대 청년으로 보이지는 않았다. 키는 5척 4촌(약 162센티미터) 정도였고 얼굴도 아직 앳된 구석이 많아서 보통은 10대 후반 정도라고만 생각할 것이다.

그의 부관이 다가와서 말했다.

"대주님, 연락이 두절되었던 13순찰단이 당한 것이 확인되었다고 합니다."

"상대는?"

"무공의 흔적이 발견되었다니 환마가 아닌 것만은 확실합니다. 어중이떠중이 마인들일 가능성은 별로 없으니 아마도 광세천교 놈들이겠지요."

"젠장. 그 미치광이 놈들이……."

위해극이 으르렁거렸다.

외부 사람들은 윤극성이 자신들의 전력을 아끼느라 풍령국의 혼란을 본체만체한다고 말한다.

그러나 그것은 사실과 달랐다. 풍령국 황실과의 정치적인 문제 때문만은 아니다. 그들은 지난 세월 동안 언제나 치열하게 싸워왔다. 이 땅에는 그들이 싸워야 할 적의 존재가 끊이지 않았으니까.

새롭게 출현한 환마왕을 구심점으로 삼아 준동하는 환마들은 물론이고 다종다양한 요괴들, 그리고 9년 전부터 꾸준히 윤극성의 활동에 발목을 잡고 있는 광세천교까지…….

그런 만큼 윤극성 무인들의 광세천교에 대한 적의는 하늘을 찌를 지경이었고 위해극 역시 마찬가지였다.

"곧 순찰 체제를 개편할 거라고 합니다. 인원을 늘리고 장비를 추가 지급할 것 같다는군요."

"그렇겠지. 순찰단이 도주도, 연락도 못 하고 몰살당했을 정도면 광세천교도 최정예를 동원했다는 의미일 테니."

"그리고 또 하나 재미있는 소식이 있습니다만……."

"뭔데?"

"대주님이 초대하신 별의 수호자 일행 있잖습니까?"

"무슨 일이라도 생겼나?"

"생겼습니다."

위해극이 놀라 눈을 부릅떴다. 하지만 곧 부관이 장난스러운 미소를 띠고 있음을 보고는 눈살을 찌푸렸다.

"별로 장난할 기분 아닌데."

"죄송합니다."

"그래서 무슨 일인데?"

"그들이 광세천교의 칠왕을 잡았다는군요."

"뭐?"

위해극은 또다시 놀랄 수밖에 없었다.

부관이 히죽 웃으며 말을 이었다.

"뿐만 아니라 수호마수인 삼두영사와 사겁명 중 사혈검마와 흑살귀 둘을 처치했답니다."

"……."

믿기 힘들 정도로 굉장한 전공이었다. 하지만 위해극은 금세 놀람을 추스르고 감탄했다.

"정말 대단하군. 혹시 칠왕을 잡은 건 누구지?"

"선풍권룡입니다."

"역시 그랬군. 아무리 팔객… 아니, 이제는 일존구객이지. 어쨌든 거기에 이름을 올렸다지만 벌써 잡은 칠왕만 넷인가?"

세간에 알려진 바에 따르면 광무령을 잡기 전까지 형운이 잡은 칠왕은 둘이다. 그러나 윤극성은 낙성산 전투에서 형운이 혼살권 유단을 처치했다는 사실을 알고 있다.

그러니 형운은 벌써 칠왕 넷을 잡은 것이다. 광세천교가 그를 제2의 흉왕으로 부르기에 부족함이 없는 전과였다.

"다음에 볼 때 다시 겨뤄보자고 했었는데 이거야 원. 또 내가 두들겨 맞는 거 아닌지 모르겠네."

"역시 대주님은 농담에는 재주가 없으시군요."

"뭐가?"

"대주님이 두들겨 맞는다니 그럴 리가 없지 않습니까? 선풍권룡이 잘나가는 건 사실이지만 그래봤자 대주님 상대가 될 리가요."

"나 예전에 그 녀석한테 졌었거든?"

"그때랑 지금이랑 같습니까? 그때는 무공에 입문한 지 얼마 되지도 않는 때였지 않습니까?"

"흠……"

위해극은 뭔가 더 말하려다가 포기했다.

그동안 함께 임무를 수행해 온 부하들은 그의 무공에 대해서 신앙과도 같은 믿음을 갖고 있었다. 그런 그들에게 자기가 형운보다 약할지도 모른다고 열심히 설명하는 것도 참 바보 같은 짓 아니겠는가?

'뭐, 붙어보면 알 수 있겠지?'

위해극은 속 편하게 생각하기로 했다.

4

형운 일행은 위령성에서 전투를 겪은 이후로는 대체로 순탄한 여정을 이어갔다. 자잘한 전투는 있었지만 일행을 위협할 만한 적은 만나지 못했다.

사건은 오히려 일행 내부에서 일어났다.

어느 날 밤에 정무격과 마곡정이 비밀리에 일행에게서 떨어진 곳으로 이동했고, 형운은 그것을 알면서도 모른 척했다.

서하령이 말했다.

"결국 저렇게 되네."

"그러게. 정 대주도 어지간히 상하 관계에 집착하는 성격인가 보구만."

"연진이 말고 다른 사제들한테는 별 관심도 없는 네가 이상한 거야. 하긴 네가 그럴 수 있는 것도 압도적인 격차가 있기 때문이지 실제로 그 애들이 너한테 위협이 된다고 생각하면 다르지 않았을까?"

"그건 인정해."

형운은 강연진과 양우전을 제외한 사제들에게는 무심하다. 그들을 인간적으로 좋아하지 않기 때문만은 아니다. 그들이 자신의 경쟁자가 되기에는 너무 부족하다는 것을 알기 때문이다.

'이건 좀 고치긴 해야겠다.'

그들 개개인의 재능이 문제가 아니라, 가르치는 사람이 귀혁이라는 점을 생각하면 경각심을 가져야 할 것 같았다. 지금이야 경쟁자로 볼 수도 없을 정도로 아득한 격차가 벌어져 있지만 과연 10년 후에도 그럴까?

'왠지 그럴 것 같은데… 라고 생각하면 내가 너무 오만한가?'

"재수 없어."

"응?"

갑자기 서하령이 툭 던진 말에 형운이 움찔했다.

"분명히 재수 없는 생각을 하고 있었던 얼굴이야. 잠깐 자기반성에 들어갔다가 '난 역시 잘난 놈'이라는 자화자찬으로 끝났지?"

"…야, 사람 속마음 넘겨짚고 독설 날리는 건 너무한 거 아냐?"

형운이 심드렁하게 대답하면서도 내심 뜨끔했다.

'그렇게 표정에 티가 났나? 아니, 아무리 그래도 그렇지 어

떻게 그걸 족집게처럼 맞히냐? 이 귀신같은 여자 같으
니…….'

서하령이 말했다.

"곡정이 성격에 저 정도면 많이 참았지."

"그렇긴 하지."

여정 내내 정무격이 마곡정의 상사처럼 굴기는 했다. 형운
과 자존심 싸움을 하느라 뻔히 보이는 거리에서도 말을 전하
는 전령으로 쓰질 않나, 마곡정이 형운과 사담을 나누는 것을
볼 때마다 생각이 있는 거냐고 야단치면서 행동을 통제하려
고 하질 않나…….

"하지만 곡정이가 폭발한 건 그렇다 치고 정 대주가 그걸
받아줄 줄은 몰랐는데……."

"무공으로 눌러주면 된다고 생각한 거지. 그게 후회할 선
택인 것도 모르고."

서하령은 턱을 괸 채 나른하게 웃으면서 엄청난 소리를 했
다.

형운이 물었다.

"곡정이가 이길 거라고 생각해?"

5

문득 정무격은 자신이 어쩌다 이렇게 비참한 기분에 사로

잡혔는지 궁금해졌다.

손만 뻗으면 닿을 것처럼 선명했던 영광은 시간이 지날수록 서서히 흐려져 갔다. 정신을 차리고 보니 그가 차지했어야 할 권좌는 다른 이의 것이 되었고, 그는 과연 자신에게 또 기회가 오긴 올지 알 수가 없어서 불안에 떨어야 했다.

이 모든 일은 분명히……

'그래. 역시 그때였지.'

4년 전, 총단의 신년 비무회에서 형운과 치렀던 시범 비무 때부터 모든 것이 어그러졌다.

분명 그것은 정무격을 위해 준비된 무대였다.

그러나 그는 무대의 주인공이 될 수 없었다. 철저하게 형운을 돋보이게 하는 희생양이 되고 말았다.

믿을 수 없었다. 그리고 견딜 수 없을 정도로 비참했다.

어린 시절부터 정무격은 준비된 영광의 길을 걸어온 인물이었다.

별의 수호자 내부의 유력한 가문에서 태어나 인재육성계획의 평가에서 두각을 드러내며 풍성 초후적의 제자가 되었다. 당시 그의 위로 대사형 상무경이 있었지만 금세 앞지를 수 있을 것이라고 생각했다.

실제로도 그랬다. 정무격의 성장세에 위협을 느낀 상무경은 무공의 완성을 서두르다가 돌이킬 수 없는 내상을 입어 경쟁에서 탈락하고 말았다.

그 후로는 모든 것이 탄탄대로였다.

몇 년마다 한 명씩 사제들이 생겼지만 그들 중 정무격을 위협할 만한 이는 없었다. 그는 운 장로와 초후적이 투자할 으뜸패였기에 최고의 지원을 받았다.

풍성 초후적이라는 사부, 최고의 수련 환경, 각종 영약과 장비, 무공 열람권은 물론이고 무공에 대해 의문이 생기면 언제든지 무학원을 통해서 해결할 수 있는 권한까지…….

또한 최고의 경력을 쌓을 수 있는 지원도 끊이지 않았다.

정무격은 몇몇 예외를 제외하면 거의 대부분 자신이 하고 싶은 임무를 입맛대로 골라잡을 수 있었다. 그리고 그 임무들은 처음부터 그를 위해 준비된, 그의 능력으로는 반드시 해낼 수 있으리라 판단된 안전하면서도 높은 성과로 취급받는 선택지였다.

준비된 임무를 성공시키고, 그 성과를 근거로 준비된 자리에 올라가면서 정무격은 승승장구해 왔다. 위협적인 경쟁자였던 신자호가 일찌감치 지성의 자리에 올랐다가 사망하자 그는 당연히 그 자리가 자신의 것이 될 것이라고 생각했다.

그러나 4년 전 그날, 형운에게 패하면서 모든 것이 어그러졌다.

'고작 한 번 패했을 뿐인데. 그것도 시범 비무였을 뿐이지 않은가.'

그런데 그 한 번이 상징하는 바가 너무 컸다.

그 의미를 실감한 것은 신임 지성 취임 때였다.

'위지혁.'

당연히 자신의 것이 되리라 생각했던 자리를 빼앗겼다.

심지어 그 자리를 대신한 인물은 오래전에 경쟁에서 탈락해서 변방으로 좌천된 낙오자였다. 운 장로와 초후적이 자신을 두고 그런 인물을 지성으로 골랐다는 사실은 정무격의 자존심을 엉망으로 뭉개 버렸다.

'어째서 그런 낙오자 따위가……!'

박탈감이 너무 커서 비명을 지르고 싶었다.

하지만 초후적이 위지혁의 무력을 검증하고 인정했다는 소리를 듣자 불만을 말할 수조차 없었다. 초후적은 그저 더 정진하며 기회를 기다리라고 말했을 뿐이지만 정무격에게는 다른 뜻으로 들렸다.

'너는 결격품이다. 앞으로는 쉽게 기회를 얻을 수 없을 것이다.'

형운에게 패배하기 전만 해도 그는 흠이라고는 찾을 수 없는 존재였다. 그러나 그 한 번의 패배가 십수 년 동안 쌓아 올린 완벽한 경력에 돌이킬 수 없는 흠을 새겨놓았다.

실제로 운 장로와 초후적의 태도가 달라졌다.

그들은 더 이상 정무격을 으뜸패로 대접하지 않았다. 그리고 오래전 신년 비무회에서 서하령과 가려에게 패하면서 낙오자 취급을 받았던 오량에게 이런저런 기회를 주기 시작했다.

'저런 반푼이 녀석이 나와 경쟁할 만하다고 여기시는 것인가?'

정무격은 오래전부터 오량을 한심한 낙오자로 보고 있었기에 그 사실에 당혹감을 느꼈다.

그러나 오량은 기회를 놓치지 않고 성과를 올리면서 점차 두각을 드러내었고, 이제는 파벌 안에서 점차 정무격을 위협할 만한 입지를 쌓아가고 있었다.

심지어 운 장로와 초후적은 이번 풍령국행이라는 기회를 오량과 마곡정에게만 주었다.

즉 본래 정무격은 이번 임무에 참가할 예정이 아니었다. 뒤늦게 소식을 듣고 초후적에게 기회를 달라고 부탁하여 참가한 것이다.

'마음에 안 들어.'

이번 일은 정말 하나부터 열까지 모든 것이 거슬렸다.

자신이 형운의 지휘하에 들어가야 한다는 것도, 경쟁자인 백건익이 참가한다는 것도, 마곡정이 형운이나 서하령과 친하게 구는 것도······.

그는 예전부터 마곡정이 마음에 들지 않았다. 어린 시절에는 천둥벌거숭이처럼 날뛰면서 사고를 치는 게 꼴 보기 싫었고, 큰 다음에는 적대 파벌이며 자신의 경쟁자이기도 한 형운과 친하게 지내는 게 거슬렸다.

지금까지는 서로 속해 있는 조직이 달라서 함께 일할 일이 없었다. 그러다가 이번 일에서 같이 일하게 되자 정무격은 그의 버릇을 길들여야 한다고 생각했다.

'사부님은 막내를 너무 풀어주고 계신다. 정보를 물어 온다고는 해도 척마대주와 계속 친하게 놔두는 것은 곤란하지. 정에 이끌려서 배신할 수도 있지 않은가?'

그는 사형으로서 마곡정을 올바른 길로 지도할 책임감을 느꼈다.

그래서 이 여정 중에 마곡정의 행동을 사사건건 통제하고 서열을 명확히 하려고 들었다. 그럴 때마다 마곡정은 그가 시키는 대로 따르기는 했지만 표정에는 불만이 역력히 드러났다.

'새파랗게 어린 놈이 사형 말씀에 꼬박꼬박 표정을 구겨?'

정무격은 그게 마음에 안 들어서 다른 부하들 시킬 일도 마곡정에게 시켜가면서 군기를 잡으려고 들었다.

그래도 그것은 어디까지나 사형으로서 사제의 행동을 조심하게 만드는 수준을 넘지 않았다. 그렇기에 마곡정도 속으로는 불만이 있을지언정 순순히 따라준 것이고.

그런데 어쩌다가 마곡정이 폭발하게 만들었을까?

'서하령.'

인정해야 할지도 모르겠다.

그는 서하령이 사혈검마를 쓰러뜨리는 것을 보면서 심한 충격을 받았다.

물론 형운이 광세천교의 칠왕을 일대일로 쓰러뜨리고 돌아와서 적들을 학살하듯 쓰러뜨리는 것을 보면서도 충격받기는 했다. 하지만 그래도 그건 사전에 얻은 정보로 예측 가능한 범위였던 데 비해 서하령의 무위는 정말로 뒤통수를 망치로 얻어맞은 것 같았다.

그래서였을 것이다. 그는 가슴속에 남은 충격의 잔향을 수습하지 못하고 마곡정에게 쏟아내고 말았다.

'너는 입장이라는 것을 생각은 하고 사는 게냐? 네 행동이 얼마나 사부님의 위신을 실추시키는지 안다면 그렇게 행동하지 못할 것이다.'

'……'

'이 어리석은 놈! 그놈의 척마대주하고의 우정 놀이가 그렇게 중요하더냐? 다 널 이용해 먹으려는 수작이다. 그 시비만 봐도 알 수 있잖느냐?'

'…그게 무슨 뜻입니까?'

잠자코 듣고 있던 마곡정이 눈을 부라렸다. 그것을 본 정무격이 어이없다는 듯 혀를 찼다.

'한 번도 이상하게 생각해 보지 않았느냐? 네가 척마대주의 시비와 염문을 뿌린다니, 너무나도 끔찍한 일 아니냐?'

'무슨 뜻이냐고 물었습니다.'

'설명해 주고 있지 않느냐? 똑바로 경청해라. 네가 천한 시비와, 그것도 척마대주의 전속 시비와 염문을 뿌린다는 것만으로도 사부님의 위신에 크게 흠이 간다. 그리고 그건 고스란히 척마대주와 영성 일파의 이익으로 이어지지.'

마곡정의 목에서 짐승처럼 으르렁거리는 소리가 울리기 시작했다. 위협적인 기운이 부풀어 오르자 정무격이 그의 가슴을 손가락으로 쿡쿡 찌르며 말을 이었다.

'머리가 있다면 의심할 수밖에 없는 상황 아니냐? 누가 봐도 척마대주가 너를 홀리기 위해 시비를 동원한 것으로밖에 안 보인다!'

'……'

'아마 그 천한 것도 기뻐하며 따랐겠지! 애당초 천한 여자라는 것들은 주제도 모르고 잘나가는 남자를 잡아서 팔자를 고칠 생각만……'

'닥쳐.'

순간 마곡정에서 차가운 살기가 뿜어져 나왔다. 그러나 그는 곧 그 기운을 거두며 덧붙였다.

'그래도 사형이니까 한 번은 잘못을 되돌릴 기회를 주겠습니다.'

움찔하는 정무격을 마곡정은 흉흉한 눈으로 노려보았다.

'지금 지껄인 말, 당장 취소하고 사과하십시오. 안 그러면 그 말을 책임져야 할 테니까.'

물론 정무격은 사과하지 않았다.

6

인적 없는 산속의 밤공기는 얼어붙을 듯 싸늘했다.

그러나 마곡정은 조금도 추위를 느끼지 않았다. 어느 순간부터 그는 더 이상 얼어붙을 것 같은 겨울의 추위도 고통이 아니라 그저 상태로만 인식하는 몸이 되었다.

그것은 그가 자신이 혈통으로 물려받은 영수의 힘을 완전히 체화하면서 벌어진 현상이었다. 스물세 살이 된 지금의 그는 10대일 적과는 모든 면에서 격이 다른 존재였다.

"지금이라도 늦지 않았습니다."

마곡정이 억누른 분노가 실린 목소리로 말했다.

"아까 그 말, 실언이었다고 인정하고 정중하게 사과한다면 용서해 드립니다."

"하! 지금 나한테 말하는 것이냐?"

기가 막힌다는 듯 웃은 것은 정무격이었다.

두 사형제는 서로를 향해 차가운 적의를 쏘아 보내며 대치하고 있었다.

"그럼 누구한테 하는 거겠습니까?"

"정신이 나갔나 보구나. 뭐? 용서? 왜 내가 할 소리를 네가 하는 게냐?"

정무격이 노기를 드러냈다.

"아, 진짜."

마곡정이 한숨을 푹 쉬었다.

"그래도 사형이라고 대접해 줬더니 아주 그냥 막 나가네. 같잖은 소리 지껄여도 네, 네 해줬더니 내가 호구로 보이냐?"

"뭐, 뭐?"

마곡정이 으르렁거리며 반말을 던지자 정무격이 경악했다. 아무리 그래도 설마 기본적인 예의조차 집어던질 줄은 몰랐다.

"마곡정, 미친 거냐?"

"미친 건 너야, 새꺄."

어둠 속에서 마곡정의 푸른 눈이 흉흉한 빛을 발했다.

"내가 사부님께 받은 은혜가 있으니 나를 호구 새끼로 취급하는 것까지는 참아주려고 했다. 아, 그래. 내 앞에서 친구놈 욕하는 것까지도 그놈한테는 미안하지만 어떻게든 참아줬어. 근데……."

쉬이이이이……

들끓는 마곡정의 감정에 호응하듯 한풍이 일기 시작했다.

"…예은이를 욕하는 건 도저히 못 참겠다. 네가 뭔데 예은이를 두고 이러쿵저러쿵 더러운 입을 놀려?"

"개탄스럽다는 게 바로 이런 때 쓰는 표현이로군. 사형인 내가 모자란 네게 해준 귀중한 충고를 두고 그런 식으로 지껄이다니, 역시 눈에 뭐가 단단히 씐 모양이구나. 그 계집이……."

"그만. 입 닥쳐라. 안 들어도 귀가 썩는 개소리라는 걸 잘 알겠으니까."

"후우."

정무격이 깊은 한숨을 내쉬었다.

스르릉!

서늘한 소리가 울리며 도가 뽑혀 나왔다.

"주제를 모르는 사제를 지도하는 것도 사형으로서의 의무겠지. 언젠가는 한 번쯤 격의 차이를 알려줘야 한다고 생각하고 있었는데 잘됐구나."

"하하하."

마곡정이 웃으면서 마주 도를 뽑아 들었다.

"이거 참. 사형이라는 게 무슨 벼슬 이름인 줄 아냐? 누가 들으면 네가 고생고생하면서 나 키워준 줄 알겠다?"

"마음껏 지껄여 둬라. 잠시 후에는 고통 속에서 자신의 경망한 발언을 후회하게 될 테니."

마곡정은 대꾸하는 대신 딴청을 부리며 귀를 후비적거렸다. 정무격이 눈살을 찌푸리자 과장되게 놀라는 표정을 지으며 물었다.

"아, 준비해 온 허세는 다 떨었어? 네가 워낙 정신 나간 꼰대새끼라서 한 식경쯤은 더 떠들어대야 끝날 줄 알았는데 벌써 끝나다니 의외네."

"소원대로 해줘야겠구나."

"내 소원이 뭔지 알고?"

"고통을 빨리 맛보고 싶어서 안달이 난 것 같은데 사형으로서 그 소원을 들어줘야 하지 않겠느냐?"

정무격에게서 험악한 기파가 흘러나오기 시작했다.

"이제부터 내가 행하는 것은 버릇없는 사제에 대한 교육적 지도다. 격식 따윈 필요 없겠지."

"북 치고 장구 치고 잘 노시는구만. 내가 너무 무서워서 제발 그냥 가달라고 재롱떠는 거냐?"

"이놈이 끝까지……."

정무격이 격노하는 순간이었다.

마곡정이 몸을 낮추면서 땅 위를 미끄러지듯이 돌진했다.

"기습이라! 얄팍한 놈다운 수작이구나!"

정무격은 당황하지 않고 대응했다. 기공으로 견제하면서 시퍼런 도기를 휘감은 도를 쳐낸다.

그러나 다음 순간 그의 표정이 변했다.

'죽을 생각인가?'

그는 마곡정의 돌진을 멈추게 할 생각으로 도격을 내질렀다. 그런데 마곡정은 죽을 생각을 한 것처럼 그냥 뛰어 들어오는 게 아닌가?

그가 놀라서 도격의 궤도를 비틀었다.

"…너, 혹시 얼간이냐?"

그리고 다음 순간, 마곡정이 시큰둥한 표정으로 그의 목에 칼끝을 들이대고 있었다.

"설마 이런 수법에 걸릴 줄은 몰랐네. 와, 진짜. 내 사형이란 놈이 이런 얼간이일 줄이야."

"이 자식… 크억!"

마곡정이 도를 거두며 정무격을 걷어차 버렸다. 그리고 싸늘한 눈으로 그를 노려보며 말했다.

"지금 건 너무 어이없어서 나도 납득 못 해주겠다. 너도 그렇지?"

"이놈이……!"

"변명거리가 너무 많아서 문제잖아, 그치? 사투도 아니었는데 어찌 상대의 배려에 기대서 비겁한 수작을 부리냐, 뭐 그런 소리 하고 싶지?"

마곡정의 눈이 시퍼런 분노의 빛을 발했다.

"그러니까 나도 한 번 기회 줄게. 어디 네가 말하는 '격의 차이'가 뭔지 보여줘 봐."

정무격은 이번에는 아무 말도 하지 않았다. 그저 거세고 사나운 기파를 흩뿌리며 공격을 준비할 뿐이었다.

그리고 두 사형제가 재차 격돌했다.

7

형운의 질문에 서하령은 질문으로 응수했다.

"너는?"

"어, 글쎄… 그래도 곡정이의 승산이 높을 것 같은데."

"박하네. 난 십중팔구."

"그 정도로?"

형운이 깜짝 놀랐다.

마곡정의 실력은 누구보다도, 아마 사부인 풍성 초후적보다도 더 잘 알고 있다고 자부한다. 그런 관점에서 이 여정 중에 파악한 정무격의 실력과 비교해 보면 마곡정이 근소하게 승산이 높다고 보았다.

하지만 서하령은 확신에 차 있었다.

"기술적인 면만 따진다면 거의 비슷한 수준이겠지."

이 점에는 그녀도 형운과 같은 의견이었다.

마곡정은 이미 정무격과 대등한 실력의 무인이다.

"하지만 곡정이에게 크게 유리한 변수가 두 개 있어. 첫째, 방심."

정무격은 마곡정이 당연히 자기보다 하수라고 생각한다. 그것은 치명적인 허점이 될 것이다.

"둘째. 자기보다 강한 사람과의 대전 경험."

대련 경험을 기준으로 따지자면 마곡정은 정무격을 압도한다.

정무격은 이미 오랫동안 스승인 초후적을 제외하고는 자기보다 윗줄의 무인과 대련해 본 경험이 거의 없었다. 그 정도의 고수라면 다들 어디선가 한자리하고 있게 마련이라 대련이 성립하기 어려웠으니까.

그에 비해 마곡정은 형운과 서하령, 작년까지는 천유하와도 지긋지긋할 정도로 많이 대련했다. 그리고 그 경험만큼 성장해 왔다.

바로 옆에 형운과 서하령이 있어서 가려졌을 뿐, 마곡정 역시 천재다. 그리고 두 사람이 옆에 있기 때문에 그는 한순간도 게으름 피우지 않고 필사적으로 정진해 왔다.

서하령이 차갑게 웃었다.

"심지어 이제는 내공도 대등한 수준이지. 정 대주 표정이 어떻게 변할지 보고 싶은걸."

8

고수끼리의 싸움은 조용히 이뤄지기가 힘들다.

그들이 소란을 원치 않는다면 서로 싸움의 방식을 합의해야만 가능했다. 그러지 않고 전력을 부딪친다면 주변을 무참하게 파괴하는 결과가 나올 수밖에 없었다.

마곡정과 정무격의 싸움도 그랬다.

이 싸움에 임할 때 둘이 암묵적으로 합의한 것은 단 하나뿐이었다.

'이 싸움은 사투가 아니다.'

서로 감정이 폭발해서 이 지경까지 오기는 했지만 어쨌거나 그들은 아군이었고, 사형제지간이기도 했다. 입장상 서로 죽고 죽이는 싸움을 할 수는 없었다.

그러나 사투가 아닐지언정 둘의 싸움은 흉흉했다.

철저하게 상대를 무릎 꿇려서 다시는 반항하지 못하게 만들 것이다. 그런 의지가 노골적으로 드러나는 싸움이었다.

칼날이 부딪칠 때마다 폭음이 울려 퍼졌다. 기술을 발휘할 때마다 땅이 뒤집어지고 아름드리나무가 쓰러져 갔다.

"크으, 윽……."

그러나 그 싸움은 길지 않았다.

먼 곳까지 울리는 굉음이 잦아들기 시작했을 무렵, 그 속에서 고통스러운 신음이 흘러나왔다.

나직한 목소리가 그 뒤를 이었다.

"별로 오래 살진 않았지만 주변에 그런 놈들이 많더라. 평생 과보호받고 살았는데 그 사실을 전혀 모르고 자기가 진짜 잘난 줄 아는 놈들."

달빛 아래 마곡정의 짙푸른 눈동자가 서늘한 빛을 발하고 있었다.

"네가 바로 그런 놈이야."

정무격은 마곡정의 발밑에 깔려 있었다.

엎어진 그의 등을 마곡정이 밟고 있었고, 목에는 냉기를 흘리는 도를 들이대고 있었다. 사소한 변덕만으로도 목숨을 끊어놓을 수 있는 상태였다.

"번드르르한 집안에서 태어나서 운 좋게 사부님하고 운 장로님이 밀어주는 사람이 되다 보니 자기가 진짜 뭐 대단한 사람이라도 된 기분이었지? 그래서 열심히 사는 다른 사람을 천한 것이니 뭐니 하면서 무시해도 될 것 같았냐?"

"이, 이익……!"

정무격이 완전히 제압된 상태에서도 일어나려고 악을 썼다. 그러자 마곡정이 발을 슬쩍 흔들었다.

"……!"

정무격은 비명조차 지르지 못했다.

마곡정이 발끝으로 발한 침투경이 기맥을 타고 침투, 내장을 태워 버리는 것 같은 격통을 선사했기 때문이다.

마곡정은 그의 머리채를 잡고 고개를 들어 올려 눈을 맞추었다.

달빛을 등진 마곡정의 얼굴 속에서 두 눈만이 은은한 빛을 머금고 있었다. 그 눈은 소름 끼칠 정도로 차갑고 무심해 보였다.

"고통에 별로 내성이 없으시군. 하긴 온실 속 화초처럼 자라온 도련님이시니 당연하겠지. 늘 안전하게 경력을 쌓을 수 있는 임무만 해오셨으니 어련하시겠어."

운 장로와 초후적의 전폭적인 지원을 받은 정무격은 몇몇 예외를 제외하면 거의 대부분 자신이 하고 싶은 임무를 입맛대로 골라잡을 수 있었다. 그리고 그 임무들은 처음부터 그를 위해 준비된, 그의 능력으로는 반드시 해낼 수 있으리라 판단된 안전한 선택지였다.

당연히 그는 자신보다 강한 적과 필사적으로 싸워본 경험이 거의 없었다.

"똑똑히 기억해 둬."

그에 비해 마곡정에게 있어서 자기보다 강한 상대와 싸우는 것은 일상이나 다름없었다.

수련에서 그래왔기에 그는 실전에서 강적을 만나도 주눅

들지 않았다. 객관적인 전력에서 자신보다 우위에 있는 적과 몇 번이나 싸워서 쓰러뜨려 왔다.

그 경험의 차이는 정무격이 상상할 수 있는 것보다 훨씬 컸다.

"한 번만 더 예은이를 두고 이러쿵저러쿵 입을 놀렸다가는 이 정도로 안 끝나. 진짜로 죽여 버린다."

"……!"

정무격이 헐떡이면서도 마곡정을 죽일 듯이 노려보았다. 마음속에는 하고 싶은 말이 폭풍처럼 휘몰아쳤지만, 그는 결국 아무 말도 하지 않았다.

그런 그를 마곡정이 빤히 바라보았다. 차갑게 빛나는 눈동자는 그를 어떻게 처리해야 할지 고민하고 있는 것 같았다.

이쯤에서 끝낼 것인가, 아니면…….

"곡정아."

마곡정의 고민을 멈춘 것은 친숙한 목소리였다.

"오밤중에 언제까지 쏘다닐 거야. 그만 가자."

형운이 마곡정이 보이지 않는 위치에서 말을 걸어오고 있었다.

서로 모습이 보이지 않는 위치에서, 마치 이곳에서 일어난 일을 모르는 것처럼 말한 것은 분명 배려였을 것이다. 마곡정에 대한, 그리고 정무격에 대한.

"…흥."

마곡정은 흥이 깨졌다는 듯 정무격을 내던지고 몸을 돌렸다.

"⋯⋯."

형운은 조용히 기다리고 있다가 마곡정이 다가오자 걷기 시작했다.

한동안 둘 사이에는 아무런 말도 오가지 않았다. 밤의 정적 속에서 나뭇잎을 밟는 소리만 바스락거리며 울렸다.

먼저 입을 연 것은 마곡정이었다.

"미안."

"뭐가?"

"⋯⋯."

마곡정이 쉽게 말을 잇지 못하고 입만 뻐끔거렸다.

형운이 피식 웃었다.

"한바탕할 거라고 예고까지 해놓고선 뭘."

"이렇게 크게 일 벌일 생각은 아니었는데⋯⋯."

마곡정이 한숨을 쉬자 형운이 물었다.

"혹시나 해서 묻는 건데 정 대주는 얼마나 다쳤어?"

"음. 한동안 골골거릴걸. 아마 왼팔 뼈는 부러졌을 거고, 내상도 좀 있을 거고."

"⋯갑자기 화를 내고 싶어지는데?"

형운이 마곡정을 째려보았다. 정무격은 일행의 핵심 전력 중 하나였다. 그런 인물의 임무 수행 능력을 사적인 감정 때문에 엉망으로 만들어놓다니?

"그래서 미안하다고 했잖아."

"배 째라 이거구만."

혀를 찬 형운이 물었다.

"왜 그랬는데?"

"……."

"이쯤 되면 이유 정도는 말해줘야 하는 거 아니냐?"

형운이 빤히 바라보자 마곡정이 시선을 피했다. 하지만 그 래도 형운이 시선을 거두지 않고 집요하게 바라보자 도리어 화를 냈다.

"아, 사람이 말할 수 없는 이유로 화를 냈을 수도 있지! 그런 걸 꼭 캐물어야겠……."

"뭐 정 대주가 예은이를 욕해서 그랬다는 건 알고 있지만."

"…냐아카아악! 어, 어떻게 아는 거야?"

마곡정이 눈이 튀어나올 듯 놀라자 형운이 음흉하게 웃었다.

"오량 선배가 말해주더라."

"…아오, 그 인간이 진짜!"

마곡정이 짜증을 냈다.

원칙적으로 보면 옳은 일이다. 형운은 일행의 책임자이니 구성원들이 몰래 빠져나가서 이런 사고를 쳤다면 대체 무슨 이유로 그랬는지 갈등의 원인을 알아야만 한다.

그러나 따지고 보면 마곡정과 정무격이 충돌한 것은 집안 싸움이다. 그런 내부적인 갈등을 정치적으로 적대하는 파벌의 인물인 형운에게 다 말해 버리다니…….

물론 마곡정이 짜증을 내는 건 그런 이유는 아니었지만.

형운이 말했다.

"공적으로는 한 소리 해야겠지만… 사적으로는 뭐, 곡정이 네가 참고 넘겼으면 실망했을 거야. 잘했어."

"흐, 흥. 너한테 칭찬받으려고 한 일 아니거든."

"그래그래. 나한테 칭찬받아 뭐하겠냐. 예은이한테 받아야지. 내가 꼭 예은이한테 전해줄게."

"뭐?"

"이런 일은 빨리 알려줘야지. 당장 내일이라도 편지를 써서 총단으로 전달을…….."

"야!"

버럭 소리를 지르는 마곡정의 가슴속에서는 방금 전까지 달라붙어 있던 꺼림칙한 감정은 온데간데없이 사라져 있었다.

9

당연하지만 그 일 이후로 마곡정과 정무격 사이에는 대화가 단절되었다.

둘은 서로를 없는 사람처럼 취급했다. 그리고 마곡정은 그의 눈치를 보지 않고 형운과 대화를 나누거나 시간을 보냈다.

정무격에게는 힘든 시간이 시작되었다.

왜 그랬는지 그 이유를 아는 사람은 극소수지만 결국 둘이 충돌했고, 정무격이 패했다는 사실을 알아차리기는 어렵지 않았다. 애당초 마곡정과 정무격이 방 밖에도 들릴 정도로 언성을 높인 다음에 숙소에서 빠져나갔던 데다가 돌아올 때는 정무격만 상처투성이가 되어 있었으니 그럴 수밖에.

자존심 높은 정무격은 일행의 시선이 견디기 어려울 정도로 고통스러울 것이다. 그러나 형운은 딱히 거기에 대해서 어떤 배려를 해주지 않았다.

'모르는 척해 주는 것만으로도 할 만큼 해줬지.'

문제를 일으킨다면 나서야겠지만 자업자득으로 괴로워하는 것까지 신경 써줄 이유는 없다. 그럴 만한 관계도 아니고, 인간적으로도 그러고 싶지 않았다.

그런 가운데 일행은 위령성을 넘어 가두성으로, 그리고 가두성에서 최단 거리로 북상해서 윤극성으로 들어섰다. 그리고 4월 말에는 마침내 윤극성 본성에 도착할 수 있었다.

"벌써 5월이 다 되어가는데 이 추위라니……."

윤극성은 풍령국의 각 성들 중에서도 가장 면적이 넓은 땅이다. 남부는 비교적 평화롭다. 환마나 요괴의 위협도 적으며, 윤극성 직속이 아닌 민간 무인들도 많이 볼 수 있었다.

그러나 북부로 오면 분위기가 완전히 달라진다.

윤극성 본성은 광산 도시인 동시에 환마 재해와 맞서기 위한 최전선의 요새였다. 그리고…….

"말로는 들었지만 직접 보니 확실히 신기한 풍경이네."

형운이 혀를 내둘렀다.

윤극성 본성은 기묘한 외양의 도시였다. 광산 도시인 동시에 요새 도시다 보니 다른 번화한 도시처럼 정갈한 느낌은 전혀 없고 도시 전체가 시끄럽고 부산한 느낌이다. 곳곳에서 피어오르는 연기 때문에 공기도 탁한 편이었다.

그것만으로도 꽤 인상적이지만 도시를 잘 보면 환영 같은 백록색의 빛기둥들이 솟구치고 있다. 그리고 그 빛기둥들의 주변을 에워싸듯이 암석과 광물 파편으로 이루어진 나선형 궤적들이 하늘로 빨려 올라가듯이 이동하는 것이 보였다.

서하령이 고개를 끄덕였다.

"확실히 그동안 봤던 신기한 곳들과는 또 다른 느낌이지?"

"여긴 신기하다기보단 뭔가 혼돈의 한가운데 같아."

형운은 별의 수호자 총단에서 살아왔고 하운성과 청해궁도 봤지만 이곳은 또 다른 신기함이 있었다. 어딜 봐도 참 흥미로운 광경이 펼쳐져 있긴 한데 별로 사람이 살기 좋아 보이진 않는다.

'무엇보다 시끄러워. 밤에 잠잘 때는 조용해지나, 여기?'

하루 종일 이런 소음에 노출되어 있다 보면 정신적으로 피로가 쌓일 것 같은데 여기 사람들은 아무렇지도 않은가 보다. 거리에서 사람들이 말을 나누는 것을 보니 누구나 언성을 높여서 말하는 것이 당연한 듯싶었다.

일행은 마치 딴 세상에 온 것 같은 감각으로 주변을 구경하며 걸었다.

"왔네."

문득 서하령이 측면을 차지하고 있는 건물들 지붕을 올려다보며 말했다.

형운도 한 박자 늦게 그 말뜻을 알아차렸다.

"아."

가슴속에서 심장의 맥동과는 다른, 기묘한 두근거림이 느껴졌다.

그리고 지붕 너머에서 한 사람이 날아올랐다가 일행 앞으로 내려섰다.

"웃차!"

새처럼 가볍게 착지한 것은 눈에 확 띄는 용모를 지닌 남자였다.

눈처럼 새하얀 머리칼과 청록색 눈동자를 지닌, 체격이 작은 편이고 얼굴도 앳된 편이라 청년보다는 소년이라고 부르는 게 어울리는 그를 형운은 알고 있었다.

"별의 수호자 여러분, 윤극성에 오신 것을 환영합니다. 풍령대주 위해극입니다."

성운의 기재 위해극이 유쾌하게 웃으면서 예를 표하고는 형운에게 다가오며 말했다.

"9년 만인데도 한눈에 알아보겠는데. 음, 참 뭐랄까……."

웃음 가득하던 그의 표정이 묘하게 찌푸려졌다.

가까이 오니 형운과의 키 차이가 극명하게 실감되었기 때문이다. 그의 키가 5척 4촌(약 162센티미터) 정도인 데 비해 형운은 6척(약 180센티미터)을 넘는 장신이라 나란히 서 있으니 자연스럽게 고개가 올라갔다.

'아, 젠장. 신수의 혈통이면 뭘 해! 그냥 순혈의 인간도 저렇게 훤칠하게 키가 크는데 왜 난 키가 안 크냐고!'

위해극은 속으로 구시렁거리며 말을 이었다.

"어쨌든 다시 만나니 반갑네. 선풍권룡이라고 부르면 되나?"

"그냥 형운이라고 불러도 돼. 공적으로는 척마대주라고 불러주면 좋고."

"나도 그냥 위해극이라고 불러도 좋아. 공적으로는 방금 전에 말했다시피 풍령대주야."

"흠. 전에 혈화대주와 만난 적이 있었는데……."

"서 사고님이 거기 가셨었지."

낙성산 전투에 참전한 화천월지 서윤은 위해극의 사부인 만검호 봉연후의 사매였다. 즉 위해극에게는 사고가 되는 셈이다.

"혹시 서 사고와 내가 직급상으로 동급이냐고 묻고 싶은 거라면, 맞아."

"그렇군. 높은 사람 되면 초대한다더니 정말 빠르게 출세했는데?"

"하하. 너만 하겠어? 나를 이긴 사람이니 절대 평범한 삶을 살지 않을 거라고 생각했지만 설마 다시 만날 때는 일존구객의 일원으로 불릴 거라고는 상상도 못 했어. 어쨌든 초대에 응해줘서 고마워. 워낙 먼 길이라 와주지 않는다고 해도 어쩔 수 없다고 생각……."

"대주님!"

그때 길을 따라서 흑청색 옷을 입은 무인들이 우르르 달려왔다.

선두에 선 이가 위해극 보고 뭐라고 하려다가 형운 일행을 보고는 입을 다물었다. 그들이 아무 말 없이 질서정연하게 위해극 뒤로 가서 서는 모습을 본 형운이 속으로 혀를 내둘렀다.

'훌륭한데. 사적으로는 꽤 친하게 지내는 것 같은데…….'

아마도 위해극은 그들과 함께 형운 일행을 마중 나오기로 했다가 도중에 혼자서 빠르게 도시를 가로질러 온 것 같았다. 부하들은 상관인 위해극의 행동에 대해서 뭐라고 잔소리를 늘어놓을 수 있을 정도로 거리감이 가까운 것 같은데, 상관 앞에 외부인이 있다는 것을 인지한 순간 그런 기색을 싹 지우고 위엄을 세워준 것이다.

하지만 그렇게 훈련이 잘되어 있는 자들도 일행의 면면을 살피는 순간 동요를 감추지 못했다.

'아, 이건 이해해 줘야지.'

형운이 속으로 쓴웃음을 지었다.

그들의 시선은 형운의 뒤쪽에 서 있는 서하령에게 못 박혀서 떨어질 줄 몰랐다. 형운이야 어린 시절부터 지긋지긋할 정도로 보다 보니 면역이 생겼지만 다른 이들에게는 충격적일 것이다.

시선을 받는 당사자인 서하령은 남들이 자기를 쳐다보든 말든 햇살이 따사로운 오후의 고양이마냥 나른한 표정을 짓고 있을 뿐이었다. 그녀에게 있어서 타인의 시선을 받는다는 일은 너무나도 당연한지라 그러거나 말거나 신경 쓰지 않는 경지에 오른 지 오래였다.

다만 그녀는 한 사람의 시선에만큼은 반응했다.

"오, 오랜만에 뵙습니다, 서 소저. 기억하실지 모르겠지만……."

"물론 기억하고 있답니다, 위 대주님."

위해극이 얼굴을 붉혔다. 자신의 인사를 받아주는 그녀가 살포시 미소 짓는 모습이 넋을 잃을 듯이 아름다워 보였기 때문이다. 그것은 그만이 아니라서 위해극의 부하들 중에는 자기도 모르게 한숨을 쉬었다가 주변의 눈총을 받는 이도 있었다.

"그때와는 달라지셨군요."

"아, 네. 그때는 제 의지하고는 상관없이 실례를 범했지요."

9년 전, 아직 어렸던 위해극은 일반인은 가까이 가기만 해도 두려움에 질릴 정도로 위압적인 기파를 발하고 있었다. 그것은 그가 풍혼아의 혈통을, 신혈을 지녔기에 발생한 문제였으며 당시에는 자의로 통제하는 것이 불가능했다.

그러나 9년이 지난 지금, 위해극의 기파는 활기차고 친근한 느낌을 주었다. 그가 상승무공을 터득하면서 자신의 타고난 기파를 통제할 수 있게 되었다는 의미였다.

문득 서하령이 가만히 위해극을 바라보았다. 자신을 빤히 바라보는 그 시선에 위해극이 움찔하며 얼굴이 달아오르기 시작했을 때, 그녀가 말했다.

"눈색이 제가 기억하는 것과 다르네요."

"아, 이건……."

예전에 위해극의 눈색은 푸른색이었지만 지금은 청록색을 띠고 있었다.

그 지적에 위해극은 왠지 쓴웃음을 지었다.

"여기에 대해서 이야기하자면 좀 길어집니다. 여기는 그런 이야기를 하기에는 장소가 적절하지 않은 것 같군요. 일단 성으로 안내해 드리지요."

제119장
윤극성(輪極城)

성운을 먹는자

1

광요는 고개를 들어 하늘을 올려다보았다.

그의 눈에 보이는 하늘은 혼탁하기 그지없었다. 맑은 날이고 태양이 비추고 있는데도 전혀 그렇게 느껴지지 않는다. 적색과 흑자색의 혼돈이 휘몰아치면서 주변을 지옥의 일부처럼 보이게 만들었다.

―그렇군.

혼돈의 폭풍 한가운데서 무시무시한 목소리가 울려 퍼졌다.

그 목소리는 그저 말했을 뿐이다. 그런데도 대지가 뒤흔들리고 대기가 찢어지며 비명을 지를 정도로 압도적인 힘이 방

출되고 있었다.

하지만 광요는 흔들림 없이 선 채로 그 목소리의 주인을 바라보았다.

—가능성의 괴물이라. 그렇게 불릴 만한 힘을 지녔다는 건 인정하지. 그러나 정말 네가 말한 일이 가능하다고 보는가?

"그러기 위해서 만들어진 그릇이니까."

은발에 황금색 눈동자를 가진 중년 남자, 광세천교주가 말했다.

광요는 그러거나 말거나 멍한 표정을 짓고 있었다. 하지만 주변에 관심이 없을 뿐이지 생각을 하지 않는 것은 아니었다.

'귀찮다. 언제까지 서 있어야 되지?'

휘몰아치는 혼돈의 한가운데서 그것을 견디고 서 있어야 하는 게 짜증 났다. 그리고 자기는 관심도 없는 이야기가 언제 끝날지 계속 듣고 있어야 하는 게 지루해서 견디기 어려웠다.

'아버지랑 그림 그리기로 했는데.'

광요에게는 그림 그리기라는 취미가 있었다.

계기는 예전에 현길이 보여준 각양각색의 춘화도였다. 뭣도 모르고 춘화도를 보다가 자기도 모르게 그것을 따라 그려본 적이 있었고 그 후로 종종 현길과 함께 그림을 그리는 시간을 갖고는 했던 것이다.

그 시간이 광요에게는 소중했다.

자신이 늘 갈증에 시달리고 있다는 것을 깨달은 것은 현길을 아버지로 부르게 된 후였다.

광요에게 있어서 세상을 인식하는 것은 고통스러운 일이다. 세상을 볼 때마다, 타인에 대해서 생각할 때마다 그는 자기 안에 텅 빈 공간이 존재한다는 느낌을 받았고, 그 사실에 이상할 정도로 우울해졌다.

그저 그것뿐인데 왜 우울할까?

모르겠다. 분명 그의 안에 많은 지식들이, 그리고 강한 힘이 있는데 그것들은 전부 차갑게만 느껴졌다.

온기를 느낄 수 있는 순간은 여자를 안을 때였다. 여자에게 안겨서 살결의 온기를 느끼는 그 시간 동안 광요는 왠지 내면의 공허가 줄어드는 것 같은 안도감을 느낄 수 있었다.

그러나 그것도 잠시뿐이다. 그 시간이 끝나고 나면 광요는 다시 우울한 기분에 사로잡힌다. 그리고 그게 싫어서 사고를 멈추고 시키는 것을 소화해 내는 데만 전념한다.

그건 아주 쉽고 편한 일이었다. 너무 편해서 굳이 다른 일을 하기 싫어질 정도로.

'너 그림 그리는 데 재주가 있구나. 흠. 이건 이름난 화공이 그렸다고 해도 믿겠는걸.'

하지만 현길은 광요가 계속 편하게 있게 놔두지 않았다.

그는 끊임없이 광요에게 말을 걸었다. 광요가 그를 명령자가 아닌, 인간으로 인식하게 만들었다. 광요에게 좋음과 싫음을 가르치고 세상에 대해서, 자신이 마주하고 기억한 것들에 대해서 생각하게 만들었다.

그건 힘들고 괴로운 일이었다. 혼자서 하라고 했다면 당장 포기하고 싶을 정도로.

'이건… 와, 이거 실물보다 훨씬 예쁘게 그려줬구만. 너무 미화한 거 아니냐? 내가 누군지 모르고 봤으면 당장 만나보고 싶어서 달려갔겠다.'

'똑같이 그렸어.'

'에이, 아무리 그래도 그건 아니지.'

'똑같아. 그렇게 생겼어.'

'얘랑 있는 게 좋았나 보네. 콩깍지가 씌었구만. 쯔쯔.'

하지만 현길이 바라니까 그만두지 않았다.

그가 말하는 대로 좋은 것과 싫은 것을 구분하고, 무언가를 봤을 때 느낀 점을 생각하기를 계속했다.

'아버지, 나 기분이 이상해.'

'뭐가?'

'왠지……'

그림을 그릴 때마다 신기한 기분이 들었다.

마치 자신이 텅 빈 존재가 아닌 것 같았다. 자기 안이 온전하게 채워져 있는 듯한 그런 느낌이 그를 혼란스럽게 했다.

이 기분이 좋다. 그런데 왜 좋은 걸까?

좋으면 그냥 좋은 걸로 충분하지 않을까? 난 어째서 왜 좋은지 따위를 고민하는 걸까?

두서없이 쏟아내는 의문에도 현길은 웃으면서 답해주었다.

'네가 사람이기 때문이란다, 광요.'

'사람은 이런 거야?'

'그게 사람다움의 일부라고 하지. 우리 교의 교리만 봐도 욕망을 소중히 하라고 하지 않느냐? 네가 느끼는 좋음과 싫음이, 텅 빈 자신을 채우고자 하는 갈망이, 자신의 행동이 어째서 좋은지를 알고 싶어 하는 마음이 모두 사람다움이란다.'

'⋯⋯.'

현길과 대화를 나눌수록 광요는 변해갔다.

점점 좋은 것이 많아졌다.

달달한 음식이 좋았다.

따사로운 햇살이 좋았다.

온기를 주는 여자들이 좋았다.

점점 싫은 것도 많아졌다.

무공을 익히는 것은 재미있지만, 그것을 써먹기 위해 싸움
터에 가는 게 싫었다.

왜 싸워야 하는지도 모르는 채 이름조차 모르는 누군가와
싸워서 죽이는 게 싫었다.

'아버지. 나 싫어하면 안 되는 것이 싫어.'

'뭐가 싫으냐?'

'싸우라고, 죽이라고 명령받는 게 싫어.'

그 말을 들었을 때, 현길의 표정은 무척이나 복잡했다.

놀란 것 같았다. 당혹스러워하는 것 같았다. 그리고 무엇
보다…….

'아버지, 기뻐?'

현길은 기뻐하는 것 같았다.

'언젠가……'

현길은 우는지 웃는지 알 수 없는 표정으로 말했다.

'네 안에서 좋은 것과 싫은 것이 그 무엇보다도 중요하다고 생각되는 때가 온다면… 그때는 다른 무언가가 아니라 네 마음을 따랐으면 좋겠구나.'

'왜?'

'네가 삶을 선택할 수 있기를 바라니까. 나 같은 못난 놈과 달리.'

아직 광요는 그 말의 의미를 알지 못했다.

2

윤극성 본성은 광산업을 최대 수익원으로 삼는 도시다. 광부들, 인부들, 그리고 장인들이 가득해서 언제나 소음과 열기가 끊이지 않는다.

"이 도시에서 고요함을 누린다는 것은 사치야."

일행을 숙소로 안내한 위해극이 말했다.

형운은 숙소로 들어서자마자 그 말을 실감할 수 있었다. 고작 한 걸음의 차이로 다른 세상처럼 조용해졌기 때문이다.

"차음(遮音) 결계가 쳐져 있지. 이게 없으면 손님들이 힘들 어하시더라고."

과연 그럴 만했다.

위해극이 히죽 웃었다.

"뭐 여기만 설치되어 있는 것은 아니야. 우리라고 시끄러 운 것을 좋아하진 않으니까."

"그렇겠군."

"일단 여기다 짐을 풀고… 아, 중요한 물건의 거래는 끝내 야겠지. 곧 진 사백께서 오실 거야."

"네가 담당하는 건 아니군."

"내 역할은 너희들을 손님으로 모시는 것까지지. 애당초 이번 거래를 계획하고 주도하신 것이 진 사백이라 그 건은 그 분과 처리하게 될 거야."

"진 사백이라면 풍라검호 진기현인가?"

"그렇게 불리시지. 그런데……."

위해극이 잠시 머뭇거리다가 말했다.

"잠시 서 소저와 이야기 좀 하고 싶은데, 괜찮을까?"

"하령이와?"

형운이 의아해하며 서하령을 바라보았다. 서하령도 이유 는 짐작이 안 가는 모양이었지만 그래도 고개를 끄덕여서 승 낙을 표했다.

그리고 위해극의 부관에게 숙소 구조를 안내받고 짐을 푸는 사이, 한 무리의 사람들이 다가왔다.

'저 사람이 풍라검호군.'

형운은 앞장서서 걸어오는 중년 남자를 보는 순간 확신했다.

허리에는 쌍검을, 등에도 두 자루의 검을 찬 그 남자는 형운과 비슷할 정도로 키가 컸다. 피부는 까무잡잡했고 바위 같은 근육질의 거구에 거친 인상의 소유자였다.

'8심, 심상경.'

그를 따라오는 이들도 모두 최정예라 불릴 만한 무인들이었지만 풍라검호 진기현은 그들과 다른 차원에 도달한 고수가 분명했다.

'과연 윤극성의 차기 성주 후보 중 하나인가.'

무상검존 나윤극의 제자는 일곱 명. 만검호(慢劍虎) 봉연후를 제외하면 하나같이 무명이 드높지만 그중에서도 대제자 풍라검호 진기현과 넷째 제자 화천월지 서윤은 별격의 존재로 평가받는다. 그리고 형운은 이미 낙성산 전투에서 화천월지 서윤의 실력을 확인한 바 있었다.

'내공은 풍라검호 쪽이 더 위로군. 기량은 어떨까?'

화천월지 서윤 역시 심상경의 고수였지만 내공은 7심에 머물러 있었다.

그사이 다가온 진기현이 물었다.

"선풍권룡 형운 대협 맞소?"

"예."

"명성은 많이 들었소. 직접 만나게 되니 반갑군. 파마대주 진기현이라고 하오. 무상검존 나윤극이 내 사부님 되신다오."

"만나서 반갑습니다. 풍라검호의 명성은 하운국에서도 많이 들었습니다."

"구객께서 그리 말해주시니 영광이로군."

형운과 진기현이 미소 지으며 악수했다. 그러나 거기에 인간적인 호의는 없었다. 둘 다 눈은 웃지 않은 채 서로를 탐색하고 있었다.

'계산이 빠른 사람 같군. 하긴 윤극성의 차기 성주 후보가 되려면 무력만 강해서는 불가능할 테니.'

형운은 그렇게 생각하며 말했다.

"이번 거래를 책임지신다고 들었습니다."

"그렇소. 여기는 중요한 물건을 거래하기에 좋은 곳은 아니니 물건을 갖고 따라와 주시면 감사하겠소."

"그러지요."

형운은 고개를 끄덕이고는 일행에게 지시를 내렸다.

곧 마곡정과 오량, 백건익을 포함한 열 명의 인원이 일월성단이 든 보관함을 들고 나섰다. 그들을 보는 진기현의 눈에 이채가 어렸다. 척 봐도 만만치 않은 고수들임을 알 수 있었기 때문이리라.

—재미있군. 확실히 풍령국 최강의 무인 집단이라고 할 만해.

백건익이 투쟁심을 드러내며 전음을 보내왔다.

진기현이 대동한 인원들은 아마도 그가 지휘하는 병력 중에서는 최정예일 터. 어느 정도는 기세 싸움을 염두에 두고 대동했겠지만 그런 점에서는 운이 나빴다. 형운 일행은 별의 수호자 총단에서 고르고 고른, 최정예라는 말로도 부족할 정도로 뛰어난 무인들이었으니까.

곧 일행이 숙소 밖으로 나오자 여러 대의 마차가 대기하고 있었다.

진기현이 물었다.

"이렇게 만난 것도 인연이니 이야기를 좀 나누고 싶은데, 합석하지 않겠소?"

"그러지요."

형운은 마곡정을, 진기현은 부관으로 보이는 초로의 무사를 대동한 채 같은 마차에 올라탔다. 안쪽 공간이 넓고 좌석이 서로 마주 보는 형태로 좌석이 배치된 귀빈용 마차였다.

마차가 출발하자 진기현이 말했다.

"이야기는 많이 들었소. 일존구객으로서의 명성 말고 좀 더 개인적인 이야기를 말이지. 그래서 한 번쯤 이야기를 나눠 보고 싶었다오."

"어떤 이야기였습니까?"

"가장 가까운 이야기로는 내 사매에게 들은 이야기가 있겠지. 당신과 그때 이야기를 나눴던 혈화대주 말이오."

"기억하고 있습니다. 윤극성의 무공에 대해서는 소문만 들었을 뿐인데, 그분의 실력에는 정말 놀랐지요."

"사매가 들으면 좋아할 것이오. 사매가 남을 칭찬하는 일은 정말 드문 편인데 당신을 보고 정말 놀랐다고 하더군. 솔직히 그 전까지 우리는 당신의 명성이 다소 과장되었을 거라고 생각해 왔소. 별의 수호자가 무인들의 정보를 취급하는 방침을 바꾼 이유는 모르겠지만, 선전용으로 좋은 인재를 골라서 다소 과장된 소문을 퍼뜨렸다……. 그런 식으로 생각하고 있었지."

상대를 화나게 만들기에 딱 좋은 소리였지만 진기현은 거침없었다. 형운도 눈썹 하나 까딱하지 않고 웃었다.

"그럴 만도 했겠습니다."

그 반응에 진기현의 눈에 이채가 스쳐 갔다. 아마도 그는 형운의 반응을 끌어내기 위해서 일부러 그런 화법을 쓴 것이겠지만 형운은 담담했다.

"저도 종종 저에 대한 소문을 들으면서 이게 누구 이야기인가 실감이 안 갈 때가 있으니까요. 분명히 제가 한 일들인데도 말이지요."

"명성이라는 것은 그런 법이지. 어쨌거나… 그 이야기를 전해 듣고 나도 상당히 충격을 받았다오. 그리고 그 외에도 다른 이유로 흥미가 있었지."

"어떤 이유입니까?"

"사부님이 자신과 대등하다고 인정하는 무인인 영성 귀혁의 제자라는 점 때문이지."

나윤극의 일곱 제자 중에 귀혁을 직접 만나본 이는 만검호 봉연후뿐이다. 귀혁이 풍령국까지 활동 영역을 넓혔던 적은 30년 전 두 마교를 토벌할 때뿐이었고, 그때는 대제자인 진기현조차도 새파랗게 어린 시절이었으니까.

하지만 귀혁이 어떤 존재인지에 대해서는 일곱 제자 모두가 잘 알고 있었다. 무상검존 나윤극이 극의에 도달한 무인을 논할 때 반드시 거론하는 이름이었으므로.

"그분을 직접 만나본 셋째 사제가 부러웠소. 그러다 보니 그분은 아니더라도 그분의 진전을 이었다는 당신이 찾아온다고 하니 꼭 만나보고 싶더군."

"만나보니 어떠셨습니까?"

"기대했던 것 이상으로 흥미롭구려."

진기현은 일행이 여기까지 오는 동안 광세천교의 칠왕 광무령과 사겁명 사혈검마, 흑살귀를 쓰러뜨린 일을 화제로 삼았다. 형운은 당시의 일 중에 이야기해도 괜찮다 싶은 부분을 이야기해 주면서 환담을 나누었다.

하지만 별로 알맹이는 없는 대화였다.

'상대하기 피곤하군. 예상대로이긴 하지만.'

진기현은 호감을 연기하고 있었지만 형운에게 와 닿는 시선에는 열기가 없었다. 종종 간을 보듯 형운의 반응을 이끌어 내기 위한 말들을 던지면서 탐색하고자 하는 의도만을 드러냈다.

"그러고 보니 풍령대주가 말하더군."

마차가 목적지에 도착해서 문이 열리기 전, 진기현이 문득 생각났다는 듯 말했다.

"당신이 풍령대주와 비무해 주기로 했다던데 사실이오?"

"그랬었지요."

예상치 못한 이야기였지만 형운은 동요하지 않았다. 위해 극이 이미 예전의 약속을 상기시켰기 때문이다.

"무인으로서 대단히 흥미가 가는구려. 나도 참관할 수 있겠소?"

"죄송하지만 안 되겠습니다."

형운이 딱 잘라서 거절하자 진기현이 한 방 먹은 표정을 지었다. 보통 이런 분위기에서는 거절하기 어려운 법인데 형운은 조금도 망설임이 없었다.

진기현의 표정이 굳었다. 하지만 형운은 여전히 담담하게 미소 짓고 있었다.

"…생각보다 딱 부러지는 성격이시군."

"사부님께서 그런 쪽으로는 좀 철저하셔서요."

"알겠소. 좀 무리한 부탁이긴 했지."

형운에게는 유감스럽게도 그와 위해극이 비무할 거라는 사실은 윤극성에 파다하게 알려져 있다. 위해극이 예전부터 형운에 대한 이야기가 나올 때마다 언젠가 재회할 때 다시 한 번 겨루기로 약속했다고 말해왔기 때문이다. 당연히 윤극성의 무인이라면 누구나 그 비무에 관심을 갖고 있었다.

하지만 형운은 이 비무를 공개적으로 치를 생각이 없었다. 그런 일을 해봤자 윤극성에 일방적으로 이익을 줄 뿐이니까.

이 점에 대해서는 위해극에게도 확실하게 약속을 받아두었다.

문을 열고 내린 진기현이 말했다.

"그럼 부하들끼리 친선 비무를 해봄은 어떻소?"

"친선 비무요?"

"자랑으로 들릴지도 모르겠소만 우리 성의 무인들은 풍령국 제일로 이름나 있소. 먼 길을 오셨으니 서로 무공을 견주어보는 것은 좋은 행사가 될 것 같소만."

순간 형운은 왠지 그가 아니라 뒤쪽에서 찌를 듯한 시선을 느꼈다. 백건익이 하고 싶다는 의욕을 활활 불태우고 있었다.

'노렸군.'

형운이 속으로 혀를 찼다.

진기현은 위해극과의 비무를 참관하고 싶다는 말은 마차 안에서, 친선 비무를 하자는 말은 밖으로 나와서 했다. 전자는 비밀리에 처리하고 싶었고 후자는 모두에게 들려줘서 거절하기 어렵게 만드는 것이 목적이었으리라.

'거절해 버려도 문제는 없지만⋯⋯.'

하지만 아까부터 진기현의 태도가 영 마음에 안 든다.

그리고 마곡정과 백건익이 무조건 수락하라는 뜻이 담긴 눈길을 열렬하게 보내오고 있었다.

"진 대주의 부하들과의 친선 비무입니까?"

형운은 상대가 진기현의 부하들만인지 아니면 윤극성 전체의 무인들 중에서 선별되는지를 분명히 했다.

"그렇소."

"알겠습니다. 하지요."

"해극이의 생일 행사 때 하는 게 어떻소?"

아예 보는 눈이 많은 곳에서 공개적으로 판을 벌여보자는 뜻이다.

형운은 그의 속내를 읽고 속으로 차갑게 미소 지었다.

"좋습니다. 위 대주가 허락해야겠습니다만⋯⋯."

"그 부분은 내가 처리하겠소."

분명 진기현은 부하들의 무력에 자신이 있으리라. 이것은 분명 정치적으로 자신의 입지를 강화하기 위한 수작일 터.

―잘했네! 풍령국 내에서 잘나간다고 우리를 아주 그냥 만만하게 보고 있는데 저런 오만한 것들은 세상이 자기 머릿속 생각대로 돌아가지 않는다는 것을 깨달아야 정신을 차리지.

백건익이 신이 나서 전음을 보내왔다.

─설마 지시진 않을 거라고 믿겠습니다.

─나를 뭘로 보고 그러나?

장난스러운 형운의 말에 백건익이 투지 가득한 미소를 지었다.

3

형운이 진기현을 따라나선 사이 서하령과 위해극은 잠시 떨어진 곳을 걸었다.

"이런 말이 참 진부하게 들릴 거라는 것은 압니다만……."

위해극은 서하령을 똑바로 쳐다보지 못했다. 살짝 얼굴을 붉힌 채로 더듬거리며 말을 꺼냈다.

"…아름다워지셨군요. 물론 예전에도 아름다우셨지만, 음, 그러니까 뭐라고 할까……."

"고마워요."

서하령이 빙긋 웃으며 말해주자 위해극이 머쓱해하며 헛기침을 했다.

잠시 대화가 끊겼다.

위해극은 그녀에게 꼭 하고 싶은 말이 있었다. 그러나 두 사람이 친분이 깊은 것도 아니고 9년 전에 잠시 스쳐 간 인연일 뿐인지라 본론을 꺼내기에 앞서서 분위기를 부드럽게 만들고 싶은데 그게 참 쉽지가 않았다.

'아, 내가 이렇게 말을 못했나?

원래부터 여자 앞에서는 별로 말재주가 없는 편이긴 했지만 지금은 자괴감이 들 정도였다.

속으로 끙끙거리던 위해극은 겨우겨우 괜찮은 화젯거리를 떠올렸다.

"아, 참. 축하드립니다."

"무엇에 대한 축하인가요?"

"사겁명 중 하나인 사혈검마를 쓰러뜨리셨다고 들었습니다."

"감사합니다."

"이 나라에서도 영화권봉의 명성이 높아지고 있습니다. 요즘 들어서 일존구객의 빈자리를 채울 후보로 거론되시기도 하던데, 정말 대단하십니다."

일존구객 중에 두 자리는 여전히 공석이었다. 각지에서 수많은 후보가 거론되었지만 아직까지 모두에게 인정받는 인물은 없다.

현시점에서는 서하령과 천유하도 그 후보로 이름을 올리고 있었다. 사람들의 입에 오르내리는 빈도를 따지자면 윤극성의 실력자들보다 많을 것이다.

"위 대주께서도 후보가 아니시던가요?"

"저보다는 사백님이나 사고님께서 더 자주 거론되시죠. 사실 전략적으로 두 분을 외부로 내보내서 적극적으로 일존구객의 자리를 노려야 하는 게 아닌가, 그런 이야기도 나오고 있답니다."

위해극이 말하는 사백은 무상검존 나윤극의 대제자 풍라검호, 사고는 넷째 제자인 화천월지였다. 두 사람은 지금 윤극성을 대표하는 무인이었으며 나윤극의 후계자로 각광받는 후보들이기도 했다.

실력만을 따진다면 일존구객에 이름을 올리기에 충분하다는 평가를 받는 그들이지만 윤극성 밖으로 나와서 활동하는 일이 적다는 약점이 있었다. 그들의 강력함은 몇 번의 외부 활동만으로도 증명됐지만 민중에게 인정받을 협객으로서의 업적은 빈약하다.

서하령이 물었다.

"그런 이야기를 외부인인 제게 하셔도 괜찮겠어요?"

"어차피 머리가 있다면 다들 예상할 수 있는 이야기지요."

"그 두 분에 대해서 그런 이야기가 있다면, 위 대주 역시 마찬가지 아닌가요?"

"그렇기는 합니다. 제 입으로 말하기는 좀 그렇지만 저는 사람들이 좋아할 만한 요소를 많이 갖고 있으니까요."

뻔뻔스럽게 들릴 수 있는 말이었지만 위해극은 자기 자랑이 아니라 지극히 객관적인 어조로 말하고 있었다.

"성운의 기재라는 것도 그렇지만 풍혼족의 혈통이라는 점이 이 나라에서는 큰 상징성을 지니죠. 게다가 형운이 일존구객에 이름을 올린 것 때문에 동년배인 제가 나선다면 풍령국 사람들의 지지를 얻기 쉬우리라 보는 관점도 있고요."

"그런데도 아직까지 결론이 안 났나 보군요."

서하령은 대충 돌아가는 사정을 짐작할 수 있었다.

누가 윤극성을 대표하여 일존구객의 공석을 차지하러 협행에 나설 것인가?

윤극성 내부에서도 정치적으로 경쟁이 붙을 수밖에 없는 문제였다. 특히 무상검존 나윤극의 후계자가 확정되지 않은 상황이라면 더더욱.

"위 대주께서는 조직 내의 입지가 형운과 비슷한 구석이 있으시네요."

"새파랗게 어린 나이인데도 사부님 세대와 입지를 다투고 있다는 점에서는 그렇지요. 딱히 바라지는 않았지만 이곳은 진정한 의미로 무인의 가치가 시험받는 땅이라 어쩔 수가 없습니다."

위해극의 시선이 자연스럽게 북쪽을 향했다.

윤극성의 개척 사업은 끝나지 않을 것이다. 언젠가 모든 환마를 토벌하고 저 북방의 동토에 존재하는 환마 재해의 원흉을 제거하는 날까지.

"사실 만나고 싶었습니다. 형운도 그랬지만 당신을 다시 만날 날을 고대해 왔지요."

"남녀로서는 아니겠지요?"

"음. 그런 마음이 없었다고 하면 거짓말이겠지요."

위해극이 겸연쩍은 듯 헛기침을 했다.

9년 전 그날 서하령을 만난 후로 한 번도 잊어본 적이 없었다. 하지만 아름다움에 대한 연모의 감정은 시간이 지날수록 옅어졌고 대신 다른 감정이 자리 잡았다.

그저 그녀와 이야기하고 싶었다.

특수한 혈통을 타고나서 남들과는 나눌 수 없는 문제에 대해서 공감을 나눌 사람이 필요했다.

윤극성에도 영수의 혈통처럼 특수한 사정을 지닌 사람들은 있었다. 그러나 그중 누구도 위해극이 안고 있는 문제를 공감하지 못했다. 위해극의 사례가 너무 특수했기 때문이다.

하지만 서하령이라면 공감해 주지 않을까?

"실례지만 서 원주에 대해서 좀 조사를 해봤습니다."

그런 마음을 갖게 된 것은 그녀를 만났을 때가 아니다. 그녀에게 흥미를 갖고 성운의 기재 인적 사항 조사 보고서를 읽었을 때부터였다.

"아마 흑영신교주가 암익신조의 혈통을 타고났다는 것 때문이겠지요. 서 원주의 혈통에 대해서도 많은 연구가 이뤄졌습니다."

"윤극성에서 제게 그렇게 관심이 많은지 몰랐군요."

"기분 나쁘셨다면 사과드립니다."

"아니요. 새삼스럽게 불쾌해할 일은 아니지요."

서하령은 전혀 불쾌감을 내색하지 않고 미소 지었다. 그 미소가 너무 고혹적이라 위해극은 심장이 벌렁거리는 것을 진정시키느라 애써야 했다.

'지금까지 미인계가 다 뭐냐, 심지가 굳다면 그런 계략에 넘어갈 리가 없지 않냐고 생각했는데… 아, 내가 오만했구나.'

위해극은 뜻하지 않게 자기반성의 계기를 얻을 수 있었다. 미인계는 그가 생각한 것 이상으로 무서운 위력을 갖고 있는 것이 분명했다.

"지금부터 할 이야기가 서 원주의 의문에 대한 답이 될 것 같습니다."

"눈색이 변한 것 말인가요?"

"예."

위해극이 고개를 끄덕였다.

"저는 어느 순간부터 제 혈통에 잠재된 힘을 끌어내는 것을 굉장히 부담스러워하게 되었습니다."

4

영수의 혈통을 이어받은 자는 그리 흔치 않다. 그것도 대를 이어가며 피가 옅어진 경우가 아니라 1세대나 2세대에 해당하는 인물들은 희귀한 편이다.

그러나 풍혼족 부친과 인간 모친 사이에서 태어난 위해극의 희귀성은 그런 존재들과도 비교가 안 될 정도였다.

"제 존재가 인세에 드러났을 때부터 풍혼족들이 찾아와서 황실로 오길 권했습니다. 자신들은 인간의 운명에 함부로 간섭할 수 없기 때문에 제가 윤극성에 있으면 문제가 생겨도 올바른 길로 이끌어줄 수 없다는 이야기였죠."

위해극은 그들의 제안을 거절했다.

딱히 그들이 싫거나 거부감을 느껴서는 아니었다. 그저 자신을 인간 세상으로 끌고 나온 봉연후와의 인연이 소중해서였다.

풍혼족들은 위해극의 선택을 존중했지만 동시에 애석해했다.

'안타까운지고. 해극아, 너는 언제고 네 선택을 후회하는 때가 올 것이다. 그때가 되면 한 번 더 우리의 제안을 생각해 보려무나.'

당시 위해극은 그 말을 심각하게 받아들이지 않았다. 성운의 기재인 그는 무공은 물론이고 혈통에 잠재된 신수의 힘을 통제하는 기술을 터득하는 것에도 어려움을 느끼지 못했기 때문이다.

그에게는 무공에 입문하는 시기가 늦은 것조차도 약점이 아니었다. 대신 무인들이 수십 년 동안 고련해도 얻을 수 있을까 의심스러울 정도로 탁월한 신체 능력과 끝을 알 수 없는 학습 능력, 그리고 전율스러운 감각을 갖고 있었으니까.

그는 어마어마한 기세로 무공 기량을 향상시켜 갔고, 동시에 신수의 힘 역시 효율적으로 통제할 수 있게 되었다. 그 힘과 무공을 융화시키는 데 성공했으며, 승부수를 던져야 할 순간에는 혈통의 힘을 일깨워서 적을 압도할 수 있었다.

그런데 어느 순간, 생각도 못한 문제가 덮쳐왔다.

"혹시 제가 예전에 광세천교의 광요와 싸웠던 것을 아십니까?"

"예, 승리하셨다고 들었어요."

"그렇게 알고 계시군요."

"사실은 다른가요?"

그 물음에 위해극이 쓴웃음을 지었다.

"실질적으로는 제 패배였습니다. 여러모로 정말 쓰디쓴 경험이었지요."

그때 위해극은 광요에게 당해서 목숨이 경각에 달했다. 그러고도 살아남은 것은 신수의 힘을 일깨운 덕분이었다.

"그때 저는 두 가지를 배웠습니다."

"하나는 짐작이 가지만 하나는 모르겠군요. 뭔가요?"

"실전에서 쓸데없는 자존심 세우는 것만큼 바보짓이 없다는 거였죠."

광요와 싸웠을 때 위해극이 목숨이 경각에 달하고서야 신수의 힘을 일깨운 것은 치졸한 자존심 때문이었다. 성운의 기재로서 모사품인 광요를 신수의 힘에 기대지 않고 이기고 싶다는 경망스러운 마음으로 싸움에 임했다가 크게 피를 보았다.

"또 하나는 서 원주께서 짐작하신 대로일 겁니다. 신수의 힘이 양날의 검이라는 것을 그때 처음으로 깨달았습니다."

신수의 힘을 일깨운 위해극은 마치 다른 사람처럼 무시무시한 힘으로 광요를 패퇴시켰다. 당시 상황은 마음만 먹었다면 광요뿐만 아니라 그 자리에 있던 광세천교도 전원을 몰살시킬 수 있었다.

그러나 결국 위해극은 그들 모두를 살려 보내고 말았다.

"저는 큰 착각을 하고 있었습니다. 아버지가 신수의 일족이고, 저 자신이 그 혈통을 타고났는데도 그 본질에 대해서는 전혀 모르고 있다는 사실을 알게 되었지요."

아마도 부친이 인간 세상에 나오기 위해서 봉인한 신위를 한 번도 드러낸 적이 없어서였을 것이다. 그의 슬하에서 자라는 동안 위해극은 자연스럽게 자신의 힘을 통제하는 법을 배웠지만 그 본질을 알 기회는 없었다.

충분히 통제 가능한 상황에서 던지는 승부수로서가 아니라 죽음의 위기 앞에서 불가피한 선택으로 신수의 힘을 일깨웠을 때, 위해극은 비로소 그 본질을 알게 되었다.

"알고 계십니까? 신수의 일족의 개체성은 인간의 그것과는 전혀 다르다는 것을?"

"네."

"……."

망설임 없는 대답에 위해극이 놀라서 눈을 크게 떴다. 곧 그가 믿을 수 없다는 듯 말했다.

"…정말로 아시는군요?"

"신수의 일족과 아주 연이 깊은 친구가 있거든요."

"그, 그렇군요……."

운룡족도, 진조족도, 풍혼족도 신수의 일족은 모두 신수의 일부다. 인간과 닮은 모습을 하고 인간처럼 혈족 관계를 맺는 개체로 보이지만 실은 전부 신수의 다른 모습인 것이다. 신수의 화신으로서 신명을 나눈 중원삼국의 황실과 관계를 맺고, 천계의 보다 낮은 곳에서 각각의 삶을 구가하는 것이 그들이 지닌 존재 의미였다.

위해극이 한숨 섞인 목소리로 말했다.

"길게 설명할 필요가 없겠군요. 저는 그때야 비로소 그 본질이 문제 된다는 사실을 알게 되었습니다."

죽음의 위기를 타파하기 위해 신수의 힘을 일깨웠을 때, 위해극은 소름 끼치는 감각을 겪었다.

그것은 자신이 아닌 다른 존재가 되어가는 경험이었다.

"그건 저처럼 제 몸을 조종하며, 제가 아는 것을 알고, 저처럼 생각합니다. 그러나 저는 아니었습니다."

마치 인간은 비교도 안 될 정도로 거대한 존재가 먼 곳에서 자신의 몸을, 아니…….

"위해극이라는 존재 자체를 조종하는 느낌이었습니다."

분명 자신의 머리로 생각하고, 자신의 감각으로 느끼고, 자신의 몸으로 행하는데도 전혀 다른 무언가가 된 것 같은 불쾌감과 공포.

"그 순간, 저는 위해극이 아니라 위해극을 완벽하게 흉내 내는 무언가가 되어 있었습니다. 원래 신수의 일족의 자아(自我)가 그런 것인지, 아니면 제가 인간으로 태어났기 때문에 그런 현상이 벌어진 것인지까지는 알 수가 없습니다만……."

위해극 입장에서는 정체성을 위협받는 사태였다. 그러나 그렇다 하더라도 위해극 자신을 완벽하게 모사했다면 적어도 그 자리에서는 뜻한 바를 이루었을 것이다.

그러나 아니었다.

육체를, 감각을, 사고를 완벽하게 모사했는데도 결정적인 차이가 발생했다.

위해극은 엄지손가락으로 자신의 가슴을 툭툭 치며 말했다.

"마음이 달랐습니다."

똑같이 보고 똑같이 사고하는데도 느끼는 것이 달랐다.

동료를 보았을 때 인간 위해극은 '실전에서 기꺼이 나의 등을 맡길 수 있는 믿음의 대상'으로 느낀다.

  그러나 그 존재는 똑같은 인물을 보면서 '작고 하잘것없는 인간에 불과하지만 인간 위해극이 소중히 여기므로 지켜줘야 하는 존재'로 느낀다.

  그 간극을 깨달은 순간 위해극은 정지했다.

  "…그 이질감을 깨고 신수의 힘을 다시 잠재울 때까지는 시간이 걸렸고, 그래서 광세천교 놈들을 놓치고 말았지요."

  위해극은 그 일로 그때까지 자신이 아무것도 모르는 채 파멸을 향해 걸어가고 있었음을 깨달았다.

  그는 인간으로 존재하며, 신으로서의 부분을 지닌 존재다.

  그 일이 일어나기 전까지는 필요할 때마다 신으로서의 부분을 거리낌 없이 일깨워서 사용했다. 어쨌거나 자신이 타고난 잠재력이니 아무런 문제가 없다고 생각했기 때문이다.

  하지만 아니었다. 실은 신수의 힘을 일깨울 때마다 야금야금 문제가 누적되고 있었다. 그러던 것이 광요와의 싸움에서 폭발한 것이다.

  "신으로서의 부분을 일깨울 때마다 인간으로서의 부분이 거기에 먹혀갔던 겁니다."

  만약 그 사실을 모르는 채로 계속 신수의 힘을 일깨웠다면 어떻게 됐을까?

  아마도 어느 시점에서 인간으로서의 부분과 신으로서의

부분의 균형이 무너지면서 인간 위해극은 사라졌으리라. 그리고 인간의 모습을 한 풍혼족 위해극이 탄생했을 터.

"그건 실질적으로 저라는 사람의 죽음이었겠지요. 그 자리에 남은 건 제 몸과 사고방식을 지녔지만 저와는 다른 마음을 지닌… 그렇기에 점차 인간과는 이질적인 존재로 변모해 갈 존재였을 것입니다."

그렇게 생각하면 광요와의 싸움에서 문제가 크게 터진 것은 차라리 다행이었다. 그때까지 전혀 인식하지 못했던 치명적인 문제를 알게 되었으니까.

그 후로 위해극은 자신에게 내재된 신수의 혈통을 두려워하게 되었다. 그것이 언제든 자신을 집어삼킬 수 있는 고차원적인 존재의 일부임을 깨달았기 때문이다.

이 문제를 해결하기 위해서 위해극은 풍혼족이 아니라 부친을 찾아갔다. 그리고 부친과 함께 문제를 고민하고 연구하면서 해결책을 얻을 수 있었다.

"저는 신수의 힘을 일깨우기보다는 인간으로서의 부분에 신수의 혈통으로부터 비롯된 힘을 융화하고자 노력했습니다. 그 노력으로 얻은 균형이 이 눈으로 드러났지요."

"그렇게 되었던 거군요."

서하령은 흥미로운 이야기를 들었다는 듯 미소 지었다. 그리고 말했다.

"확실히 우리는 비슷한 문제를 품고 있군요."

"역시 그렇습니까?"

"예. 저 역시 그런 문제로 많이 고민했었죠."

서하령 역시 자신의 핏속에 잠재된 힘을 일깨울 때마다 광령익조의 근본에 잠식되는 것을 두려워해야 했다. 그렇기에 위해극의 고민에 공감할 수 있었다.

"그래요. 마치 신과 제물의 관계 같지요."

"우리와 혈통에 잠재된 힘이 말입니까?"

"네. 더없이 놀라운 권능을 주지만 그 대가로 자신을 제물로 바쳐야 한다는 점에서. 그건 다른 의미에서의 인신공양이 아닐까요?"

"그렇게 볼 수도 있겠군요."

위해극이 씩 웃었다. 그녀가 자신이 생각한 대로 고민을 나눌 수 있는 사람이라는 사실이 기뻤다.

두 사람은 서로의 운명을, 그로 인한 두려움을, 그리고 그것을 끌어안고 살아온 과거를 이야기했다. 그 과정은 위해극만이 아니라 서하령에게도 즐거운 것이었다. 그녀 역시 자신의 두려움을 온전히 공감할 수 있는 사람을 한 번도 만나본 적이 없었기 때문이다.

'아니, 한 명 있긴 있네.'

서하령은 자연스럽게 형운을 떠올렸다.

그는 그녀나 위해극처럼 운명을 타고나지 않았다. 그러나 그가 청해군도에서 암해의 신에게 몸을 빼앗겼던 경험은 분명 서하령과 위해극의 두려움이 현실로 드러난 경우라고 할 수 있었다.

"만약 자신을 버리더라도 이겨야만 하는 싸움이 있다면, 위 대주께서는 어쩌시겠어요?"

서하령은 악몽 같았던 그때의 일을 떠올리며 물었다.

"저 개인의 싸움이라면 아마 그냥 패배를 받아들일 겁니다."

"그 선택의 대가가 죽음이라 하더라도 말인가요?"

"그러고 싶군요. 무인으로서는."

위해극이 쓴웃음을 지었다. 그러다가 곧 얼굴을 붉혔다. 서하령이 자신을 말없이 빤히 바라보았기 때문이었다.

"그럼 개인의 싸움이 아니라면?"

"음. 그건 욕심을 부릴 수 있는 상황인지 아닌지가 중요하겠네요. 알기 쉬운 예를 들자면, 그래요, 반드시 누군가를 살려 보내야만 한다면 저는 그 길을 선택하겠지요."

"사람으로, 아니, '나'로 죽을 수 없다고 하더라도 말인가요?"

"네."

위해극은 망설임 없이 대답했다.

서하령은 조금 감탄하며 고개를 끄덕였다.

"그런 사람을 한 명 알고 있어요."

"누굽니까?"

"비밀이에요. 그래도 위 대주는 그 사람처럼 민폐 끼칠 일은 없어 보이네요."

서하령은 생긋 웃었다.

5

형운 일행이 머나먼 윤극성까지 온 것은 그들과의 거래를 위해서다.

그리고 지금 그 거래가 끝났다.

"확실합니다."

별의 수호자의 연단술사와 기환술사가 확인했다.

"성혼철입니다."

형운은 그들이 확인해 주기 전에 이미 진품임을 확신하고 있었다.

'굉장하군.'

일월성신의 눈은 기물뿐만 아니라 가공되지 않은 소재를 볼 때도 특별함을 찾아내고는 한다. 그리고 보통 그런 소재들은 기환술사들이 탐내는 보물들이었다.

성혼철은 형운이 지금까지 보아온 모든 소재를 초월했다.

그것은 일월성단을 처음 봤을 때의 충격과도 비슷했다. 형운의 시선은 홀린 듯이 성혼철에 못 박혀 있었다.

'이것이 신기를 담을 그릇인가.'

당연하지만 가공되지 않은 성혼철은 자체적으로 신기를 품고 있지는 않았다. 하지만 형운은 그것을 보면서 무척 익숙한 울림을 느꼈다. 그것은 바로……

'별의 조각.'

성운의 기재를 볼 때와 흡사한 느낌이었다. 그들이 품은 별의 조각이 물질의 형상으로 화한다면 바로 이런 존재가 되지 않을까?

"일월성단, 말로는 많이 들었지만 정말 놀랍군."

성혼철에 정신이 팔려 있던 형운이 정신을 차린 것은 진기현의 목소리가 들려서였다.

형운이 성혼철에 놀란 것처럼 그도 일월성단의 실체를 접하고 놀라고 있었다. 무인이라면 그럴 수밖에 없으리라.

"거래도 무사히 끝났으니……."

그가 뭐라고 말하기 위해서 입을 열었을 때였다.

밖에서 누군가 화급히 달려 들어왔다. 그리고 별의 수호자 일행을 보고는 흠칫 놀라서 육성 대신 전음으로 보고했다.

보고 내용이 심상치 않았는지 진기현의 표정이 굳어졌다. 그가 형운을 보며 말했다.

"좋은 거래였네. 술자리에 초대하려고 생각했네만 급한 일이 생겨서 나중에 기회를 봐야겠군. 미안하네."

"괜찮습니다."

형운 일행은 성혼철의 봉인함을 갖고 그 자리에서 물러 나왔다.

그런데 마차에 오르기 전, 형운은 자신이 아는 인물의 시선을 느꼈다.

'화천월지 서윤?'

형운이 놀라서 한쪽을 바라보았다. 일행들이 다들 의아해하며 그의 시선을 따라간다.

그곳에는 한 여무사가 걸어오고 있었다.

그녀의 복장은 독특했다. 단지 무장했다는 이유만이 아니다. 허리에는 일반적인 장검보다 길고 육중한 검을, 등에는 그보다 짧은 길이의 검을 여러 자루 차고 있어서 정말 저대로 싸울 수 있을까 의문을 자아내는 모습이다.

30대 중반 정도로 보이는 창백하고 신경질적인 인상의 그녀는 형운과 눈이 마주치는 순간 빙긋 웃었다.

"오랜만이군, 선풍권룡. 다시 만나 반갑소."

낙성산에서 만났을 때도 그랬지만 그녀의 말투는 남자 같았다. 아마도 거친 무인의 세계에서 남자들과 정점을 두고 경쟁해 왔기 때문이리라.

"화천월지, 반가운 우연이군요."

"우연은 아니오."

그녀가 고개를 저었다.

"당신을 만나기 위해서 기다리고 있었소."

"저를 말입니까?"

"그렇소. 실은 심부름을 왔다오."

"심부름이라고요?"

형운이 놀랐다. 차기 성주 후보인 그녀에게 심부름을 시킬 수 있는 사람이라면…….

"성주께서 당신을 만나고 싶어 하셔서 왔소. 시간을 내주시지 않겠소?"

무상검존 나윤극밖에 없으리라.

6

형운은 뒷일을 백건익에게 맡기고 서윤과 함께 나윤극의 처소로 향했다.

귀혁의 제자가 된 후로 선풍권룡이라 불리며 이름을 떨치기까지, 많은 권력자들을 만났다. 성주와 대면한 적은 물론이고 황제를 알현한 적도, 신수의 일족들이 거하는 곳에 가본 적도 있는 몸이다.

그렇기에 윤극성의 대전을 걸으면서도 그 양식에 감탄할 뿐 압도당하지는 않았다.

'수준이 높군. 이 정도라면 심상경의 고수라도 쉽게 뚫을 수 없을 거야.'

요소요소에 은신해 있는 호위무사들의 수준도, 이 장소 자체에 걸려 있는 방어 진법도 하운국 황궁이나 별의 수호자 총단의 핵심 지점들과 대등한 수준이었다.

'마존께서 손대신 흔적들이 보이는군. 그렇다면 아마 공간을 다루는 진법도 가미되어 있겠지.'

방어 진법 속에서 환예마존 이현의 흔적을 읽어낸 형운은 왠지 아련한 그리움을 느꼈다.

깊이 들어갈수록 오가는 사람이 적어졌다. 화천월지가 재미있다는 듯 웃으며 말했다.

"별로 긴장하진 않는구려."

"그렇진 않습니다. 이래 봬도 속으로는 많이 떨고 있답니다."

"사부님을 뵈러 온 사람들 중에 긴장하지 않는 사람은 아주 드물지. 우리 성의 사람들 중에서도 셋째 사형이나 해극이 정도가 아닐까 싶소."

"혈화대주께서도 긴장하십니까?"

"물론이오. 당신도 사부를 뵐 때 그렇지 않소?"

"솔직히 저는 안 그렇습니다. 어릴 적에는 그랬습니다만."

서윤은 진기현과 달리 소탈한 태도였기에 형운도 편하게 대했다. 지금까지 높은 경지에 이른 여성 무인들을 많이 봐왔지만 그녀 같은 사람은 또 처음이었다.

그녀가 눈을 크게 떴다.

"사부님께 영성 귀혁, 그분의 이야기를 많이 들었소만 제자와 격의 없이 지내시는 분인 줄은 상상도 못 했구려."

"사실 다른 사제들은 안 그렇고 저만 그렇기는 합니다."

"역시 모든 제자가 대하기 쉬운 분은 아닌가 보구려."

"그렇다기보다는⋯ 음. 이건 좀 설명하기가 힘들군요. 각자의 입장이 다르다고만 알아주셨으면 합니다."

"아, 그건 좀 짐작할 수 있을 것 같소. 별의 수호자처럼 거대한 조직이라면 그럴 수밖에 없겠지."

서윤이 조금은 알겠다는 듯 고개를 끄덕였다. 문득 그녀가 물었다.

"윤극성에 온 소감은 어떻소?"

"들었던 것 이상으로 활기찬 도시더군요."

"외부인들이 오면 깜짝 놀라고는 하지. 조용할 날이 없는 곳이니까. 하지만 난 이곳의 시끌벅적함을 좋아한다오."

"이곳 태생이십니까?"

"그렇지는 않소. 내 나이 다섯 살 때 개척민으로 흘러들어 왔지. 당시의 윤극성은 지금 같은 곳은 아니었소. 척박하고 궁핍한 땅이었지."

서윤은 아련한 눈으로 옛 추억을 회상했다.

"하지만 영웅으로 이름난 사부님께서 황실의 허가를 받고 개척한다는 사실에 많은 사람이 꿈을 품고 몰려왔다오. 우리 아버지는 대장장이 일을 하셨는데 땅으로 투기를 하는 혹도의 무리들에게 당하서서 가산을 송두리째 잃고 말았지. 온 가족이 길바닥에 내몰려서 살길이 막막해졌기에 죽기 아니면 살기라는 각오로 이곳으로 오게 되었소."

그런 사람들은 지금도 있었다. 특히 재작년 위령성 환마 재
해 이후 살길이 막막해진 사람들이 윤극성으로 몰려들면서
한동안 정체에 빠졌던 개척 작업이 다시금 탄력을 받고 있는
중이다.

"어릴 적에는 계집애 주제에 힘이 세고 손재주도 뛰어나다
는 소리를 들어가면서 대장간 일을 도왔지. 어리다고 해서 일
하지 않아도 될 만큼 넉넉하지 못했거든. 그러다가 여덟 살
때 운 좋게 정체를 감추고 암행을 나오신 사부님의 눈에 띄어
서 제자가 되었다오."

서윤은 자신의 손을 보여주었다. 굳은살이 박이지 않은 곳
이 없었고 오래된 흉터들도 여럿 보이는 손이었다.

'격투술도 혹독하게 단련한 게 분명하다.'

형운은 그 손을 보는 것만으로도 그녀가 검술만이 아니라
격투술 역시 상당한 수준으로 연마했음을 알아보았다.

"당신도 무가 출신은 아니라고 들었소."

"열세 살 때까지는 객잔에서 점소이를 했었지요."

"점소이라. 생각 못 한 경력이구려. 그런데 열세 살 때까지
무공에 입문하지 않았다는 것이 사실이었소?"

"네. 남들보다 출발이 많이 늦었지요."

"굉장하군."

서윤은 놀람을 감추지 않았다. 그녀도 무가의 자식들에 비

하면 무공에 입문한 시기가 늦은 편이다. 하지만 열세 살 때 무공에 입문하여 스물다섯 살이 된 지금은 일존구객의 일원으로 불리는 형운에 비하면 지극히 일반적인 경우에 속한다.

"곧 사부님이 계신 곳에 도착하오."

그녀가 진지한 표정으로 말했다.

"혹시 한 가지 부탁을 들어주실 수 있겠소?"

"어떤 부탁입니까?"

"어려운 부탁이지만, 무인으로서 욕망을 참기 힘들구려. 나와 비무해 주셨으면 좋겠소. 물론 해극이와의 일이 끝난 후에."

생각지 못한 부탁에 형운이 놀란 표정을 지었다.

서윤쯤 되면 외부인인 형운과 겨뤘을 때 이익보다는 손해가 더 크다. 무인으로서야 얻을 수 있는 것이 있을지도 모르겠지만 만에 하나라도 패할 경우에는?

차기 성주 자리를 두고 치열하게 경쟁하는 사람이 외인에게 패한다면 그것만으로도 큰 흠이 될 것이다. 그런 상황에 대비해서 비밀로 하기야 하겠지만 혹시라도 새어 나간다면?

만약 진기현이 이런 부탁을 해왔다면 형운은 그가 어떤 정치적 계산을 하고 있는지부터 생각해 봤을 것이다. 그러나 서윤의 눈에서는 정말 순수한 무인의 열망만이 느껴졌다.

그래서 형운도 진심으로 대하고 싶었다.

"괜찮으시겠습니까?"

"무엇이 말이오?"

"저와 비무하셔도."

"괜찮소."

서윤은 긴 설명이 필요 없이 형운이 말하고자 하는 뜻을 이해했다.

"무인은 내일을 사는 사람이 아니오. 언제나 오늘을 살아가지."

"……."

"당신은 비록 젊지만 누구에게도 지지 않을 정도로 많은 수라장을 경험해 왔겠지. 그런 당신 앞에서 우리 성의 무인들이 얼마나 혹독한 삶을 살아가고 있는지 자랑하는 것은 의미 없을 것이오."

윤극성의 무인들은 끝이 없는 싸움을 하고 있다.

그들은 자신의 싸움이 그렇다는 것을 안다. 자신이 목숨 걸고 싸우는 순간이 그저 오늘을 지키기 위함임을 가슴에 새기고 있으며, 그 사실에 드높은 자부심을 느꼈다.

서윤이 말을 이었다.

"우리 모두가 그렇소. 내가 그 사실을 절감한 것은 둘째 사형이 죽었을 때였지."

나윤극의 제자는 모두 일곱 명이다. 그러나 그중 두 명이 사망해서 다섯 명의 제자가 생존해 있으며, 한 명은 회복 불가능한 중상을 입은 후로 실전에서 은퇴하여 무학자의 길을 걸었다.

"분명 멀리 보고 주의 깊게 행동하는 자가 현명한 것일지도 모르지. 그러나 무인은 때로 앞으로 살아갈 세월보다도 눈앞의 한순간이 중요한 때가 있다고 믿소. 나는 그 순간을 피하며 살아온 적이 한 번도 없다오."

형운을 똑바로 바라보며 말하는 그녀의 말에서는 단단한 신념이 느껴졌다. 그것은 분명 그녀가 살아오면서 쌓아온, 거짓 없는 진심이리라.

형운은 그 진심 앞에서 손익을 계산하고 싶지 않았다.

"알겠습니다."

"고맙소."

형운도, 서윤도 그 일에 대해서 더 말하지 않았다. 둘 다 그것으로 충분하다는 것을 알고 있었다.

"다 왔소."

그리고 마침내 형운의 눈앞에서 무상검존 나윤극이 있는 방의 문이 열렸다.

제120장
무상검존(無想劍尊)

성운을 먹는 자

1

무상검존 나윤극.

그는 강호의 살아 있는 전설로 불리는 사람이다.

물론 민중이 인정한 열 명의 협객은 하나같이 전설로 회자되기에 충분한 삶을 살아온 인물들이다. 어느 시대에나 그 사실에는 변함이 없었다.

그러나 그중에서도 나윤극의 삶은 세상에 거대한 궤적을 남겼다.

그저 협객이라는 말만으로는 형용할 수 없는, 영웅이라는 말이 어울리는 삶이었다.

그는 날 때부터 비천한 죄인의 혈손이라는 이유로 관아의 노비로 살아야 했다. 그러나 성운의 기재로서 각성하고 그에 걸맞은 풍운을 이겨내며 자신의 운명을 개척해 나갔다.

그의 젊은 시절, 풍령국은 지금과는 비교도 안 될 정도로 위험이 넘치고 불안정한 곳이었다.

그가 개척하여 윤극성이라는 자치령으로 일궈낸 곳은 '죽음의 땅'이라 불리는 마경이었다. 환마는 풍령국 영토의 절반 이상에서 출몰했고 그 여파로 태어나는 요괴의 위협도 헤아릴 수 없을 정도였다.

그것은 선악을 초월한 재난이었다. 평범하고 선량한 자들이 살아가기에는 너무 힘든 세상이기에 민중은 늘 구원을 바랐다.

그들의 기원이 절실해서였을까?

이전 세대, 성운의 기재들 중 다섯 명이 풍령국에서 태어났다.

아마도 그들의 이야기를 온전히 기억하고 있는 것은 나윤극뿐이리라. 인간이 역사에 이름을 새기기란 너무나도 어려운 일이며, 사람들은 그 업적을 달성하지 못하고 죽은 자들을 오래 기억하지 않으니까.

나윤극은 그들의 죽음을 뒤로한 채 계속 전진해 왔다.

시작은 욕망 때문이었을 것이다.

'결코 잊히지 않는 불멸의 이름이 되고 싶다.'

자신의 이름이 드높아질수록, 거기에 등을 떠밀리듯이 삶의 방향성이 고정될수록 나윤극은 더 큰 명성을 바라게 되었다.

'기왕 민중의 염원을 반영하는 삶을 살아간다면 영원히 망각될 수 없는 대업을 이루리라.'

그것은 분명 나윤극 개인의 욕망이었다. 그러나 이제 와서 과연 누가 그것을 사욕일 뿐이라고 말할 수 있겠는가?

또한 그 목적은 그저 욕망만으로 이룰 수 있는 것이 아니었다.

'당신은 계속 앞으로 가.'

어느 순간부터 나윤극은 죽어간 이들이 자신의 등을 떠밀고 있음을 느꼈다.

살면서 수많은 이들을 구해왔다.

그러나 구한 것보다 더 많은 이들의 죽음을 보아왔다.

생면부지의 사람도 있었다.

싫어했던 사람도 있었다.

소중했던 사람도… 있었다.

'누구보다도 먼 곳까지 가는 거야.'

나윤극은 평생 혼인하지 않았고, 혈육을 만들지 않았다.

그는 아무것도 없는 맨손으로 시작해서 윤극성이라는 기적을 만들었다. 그것을 고작 혈육이라는 진부한 이유로 물려주고 싶지 않았다.

역사에 불멸의 이야기를 써 내려간 자신도 언젠가는 죽을 것이다. 그런 자신의 이야기를 물려받을 자는 그럴 만한 자격을 갖춘 자여야만 한다.

'누구보다도 멀리.'

아무도 가보지 못한 곳으로, 모두가 꿈만 꿨던 곳까지 갈 수 있는 자만이 그의 후계자가 될 것이다.

예전, 아직 젊었던 나윤극에게 그런 길을 열어준 사람이 있었다.

"자네가 최후의 생존자가 되었군. 이제 뭘 할 생각인가?"

환예마존 이현이 그렇게 물은 것은 나윤극의 인생에서 세 손가락에 꼽을 정도로 큰 싸움을 끝낸 후였다.

시괴성(屍怪城)은 환마들을 통해 유출된 마계의 신물을 얻은 희대의 마인, 불사검왕(不死劍王)을 주축으로 마인과 요괴, 환마가 뒤섞여 탄생한 세력이었다.

환마들이 운신의 폭이 짧기에 그들의 영향력은 풍령국에만 한정되기는 하지만 당시 3대 마교 이상의 위협으로 불렸기에 풍령국 황실에서는 총력을 기울여 그들을 격파하고자 했다. 그러나 그들은 죽음의 땅이라는 압도적인 지리적 이점을 살려서 토벌군을 격파하며 혼란을 키워 나갔다.

이에 각지에서 모여든 협사들이 풍령국 황실에서 결사의 의지로 결성한 2차 토벌군에 합류했고, 나윤극과 그의 세력 역시 그 안에 있었다.

이 싸움에서 토벌군은 8만 명의 병력 중에 전사자가 6할이 넘는 전율스러운 피해를 입었다.

그러나 나윤극을 중심으로 한 결사대가 불사검왕을 쓰러 뜨리고, 사람을 버린 자들과 사람이 아닌 것들을 하나로 묶는 구심점이 된 마계의 신물을 파괴하는 데 성공했다.

그 전투를 끝으로 나윤극은 동세대 성운의 기재 최후의 생존자가 되었으며, 무상검존이라 불리기 시작했다.

"세상을 바꾸겠습니다."

"고작 검으로 말인가?"

"아니요, 이건 고작 검이 아닙니다."

나윤극은 그의 상징이 된 쌍검을 들어 보이며 말했다.

"이 시대를 바꿀 상징입니다. 반드시 그렇게 만들 겁니다."

윤극성은 그 순간부터 시작되었다.

'죽음의 땅을 개척하여 풍령국을 괴롭히는 환마 재해에 종지부를 찍을 것이다.'

많은 사람들이 터무니없는 소리라며 고개를 저었다. 영웅

이라고 떠받들어지니 미쳐 버린 게 틀림없다며 비웃는 자들
도 있었다.

그런 반면 수많은 이가 모여들었다.

그들은 마치 나윤극이 발하는 꿈의 불길에 취한 부나방 같
았다. 피가 강처럼 흐르고 시신이 산처럼 쌓여가는데도 모여
드는 자들의 발길이 끊이지 않았다.

그곳에 나윤극이 있었기 때문이다.

모두가 죽어가더라도 마치 신화의 주인공처럼, 아무도 가
보지 못한 곳으로 나아가고 있는 그는 정말로 세상을 바꿀 수
있을 것 같았다.

비명과 눈물로 얼룩진 시대를 살아가던 사람들은 울분을
토해내기 위해, 나윤극과 함께 꿈을 꾸기 위해 죽음의 전장으
로 모여들었다.

그리고 수십 년이 흐른 지금, 세상은 바뀌었다.

풍령국은 더 이상 환마 재해를 일상으로 느끼지 않는 나라
가 되었다. 윤극성이 그들을 지키는 방파제가 되어주었기에
이제는 불과 수십 년 전의 지옥 같은 현실을 아득히 먼 옛날
이야기처럼 느끼는 시대가 왔다.

그것은 나윤극이 꿈꾼 세상이었다. 그러나 동시에 참으로
슬픈 세상이기도 했다.

이제 사람들은 윤극성이 어떤 위협과 맞서 싸우는지에는
관심이 없고 그들이 피와 눈물을 대가로 얻어낸 이권에 대한

탐욕만을 드러내고 있었으니까…….

2

문이 열리는 순간 은은한 묵향과 약향이 코로 흘러들어 왔다.

무인들이 드잡이질을 해도 될 것 같은 넓은 방은 서재 같았다. 벽의 책장에는 수많은 책들과 두루마리들이 있었고 벽 곳곳에 크기가 제각각인 그림들이 걸려 있었다.

그 방 한가운데 한 사람이 옆에서 끓고 있는 주전자에서 따른 차를 마시고 있었다.

겉보기로는 50대 후반이나 60대 초반 정도로 보이는 노인이었다. 머리와 수염은 하얗게 셌지만 눈동자는 젊은이보다도 훨씬 강건한 빛을 품고 있었다.

표정에는 웃음기라고는 찾아볼 수 없었지만 중후하고 잘생긴 용모였다. 젊은 시절에는 길을 가는 것만으로도 여성들의 시선을 독점했을 것 같다.

'이 사람이 무상검존 나윤극.'

서윤은 형운에게 들어가 보라는 눈짓을 하고는 자신은 문밖으로 물러났다. 나윤극이 형운과의 독대를 원한다는 뜻이리라.

'엄밀히 따진다면 독대는 아니지만.'

표면적으로 방에는 나윤극 혼자뿐이다. 그러나 천장 위에 한 명이 은신해 있었다.

'은신술이 놀라운 경지에 달한 사람이군.'

은신술의 천적이라 할 수 있는 형운이 아니었다면 알아차리지 못했을 것이다. 한자리에 은신하는 것에 한해서는 형운이 아는 가장 뛰어난 인물, 가려와 비교해도 떨어지지 않는 호위자였다.

그것은 즉 움직여서 허점을 드러내기 전에는 혼마 한서우가 이 자리에 온다 하더라도 알아차릴 수 없다는 의미와도 같다.

"알아차린 것이냐?"

형운이 방 중앙으로 향할 때 나윤극이 불쑥 말했다.

"마존께서 생전에 말씀하시길 일월성신의 능력은 인간을 초월했다고 하셨지. 넌 어떤 분야에서는 귀혁조차 능가하는 존재라고. 과연 그러하구나."

비로소 나윤극과 형운의 시선이 마주쳤다.

순간 형운의 눈이 흔들렸다. 그 흔들림은 아주 짧아서 보통 사람이라면 알아차리지도 못했을 정도였지만…….

"무엇을 보았느냐?"

나윤극은 귀신같이 알아차리고, 의미를 부여했다.

"……."

"그렇군. 통성명부터 하는 것이 순서겠지."

나윤극은 혼자서 납득하고 고개를 끄덕였다.

형운은 그런 태도에도 당황하지 않고 정중히 인사했다.

"별의 수호자의 척마대주 형운입니다. 강호의 전설 무상검존 대협을 뵙게 되어 영광입니다."

"만나서 반갑다, 귀혁의 제자. 성주로서가 아니라 강호의 선배로서 너를 만나고자 했으니 과례는 필요 없다. 이리 와서 앉거라."

"배려에 감사드립니다."

형운은 그와 탁자를 사이에 두고 앉았다.

나윤극이 말했다.

"먼 길을 오느라 고생이 많았군. 오는 길에 있었던 일은 이미 들었다. 우리가 배려가 부족했는지도 모르겠어."

이번 거래는 윤극성에 있어서도 대단히 중요했다. 그 중요성을 생각한다면 형운 일행이 풍령국에 입국한 시점에서 그들을 도울 병력을 보낼 수도 있었으리라.

그러나 윤극성은 그렇게 하지 않았으며, 별의 수호자도 그것을 바라지 않았다.

형운이 고개를 저었다.

"그렇지 않습니다. 모두 상정 범위 안의 문제였을 뿐이지요."

"젊은이답게 패기가 있군. 귀혁에게 배웠나?"

"사부님이시라면 아마 그깟 게 문제 삼을 일이나 되냐고 하셨을 것 같습니다만."

그 말에 나윤극의 표정이 변했다. 처음으로 그의 입가에 미소가 스쳐 간 것이다.

그것은 아주 작은 변화에 불과했지만 형운은 굉장히 깊은 인상을 받았다.

"사부를 아주 잘 알고 있군. 그래, 그라면 그랬겠지."

오랫동안 귀혁과 나윤극은 서로의 소식을 듣기는 했어도 만날 일은 없었다.

그러나 형운이 아는 한 귀혁은 언제나 나윤극을 의식하고 있었다. 그리고 나윤극 역시 그러했던 것 같았다.

"너는 이곳에 와서 내 제자들 중 둘을 만나보았지. 어땠느냐?"

"뛰어난 고수더군요."

"좀 더 솔직한 평가를 듣고 싶군."

"……."

"이곳에서는 공적인 입장을 잊어도 좋다. 나는 귀혁의 제자인 네가 내가 일군 것들을 어떻게 느끼는지 알고 싶은 것이다."

그 말에 형운이 속으로 한숨을 쉬었다.

공적인 입장을 생각하면 해서는 안 될 말이리라. 겉으로는 저리 말한다 하더라도 권력자의 말만큼 믿을 수 없는 것이 어디 있겠는가?

그러나 형운은 나윤극에게서 진심과 집착을 느꼈다. 이 순간 나윤극은 형운에게 귀혁을 겹쳐 보고 있는 게 분명했다.

"풍라검호 진기현은 이미 자신이 마음에 품은 것과 현실의 경계를 허무는 경지에 올랐더군요. 제가 천극무상검(天極無想劍)에 대해 아는 것은 겉핥기뿐입니다만······."

"너도 알고 나도 아는 사실에 대해서 겉치레를 덧붙일 필요는 없다. 그건 비효율적이지."

나윤극이 형운의 말을 잘랐다.

그 의미는 분명했다.

'귀혁의 제자인 네가 내 무공에 대해 모를 리 없다. 서로 다 아는 것에 대해서 모르는 척하지 말자. 그러자고 너를 이 자리에 부른 것이 아니다.'

잠시 말문이 막혔던 형운이 속으로 실소하며 말을 이었다.

"···그의 천극무상검은 대협의 것을 닮았을 것입니다."

"서윤은 어떠하더냐?"

"그녀 역시 마음에 품은 것과 현실의 경계를 허무는 경지에 올랐더군요. 하지만 제가 보기에 그녀의 천극무상검은 대협의 것과는 다를 것 같습니다."

"그렇다면 너는 어떠하느냐?"

형운은 단번에 그 질문의 의미를 파악해 냈다.

"제 감극도는 사부님의 것과는 다릅니다."

"그렇군."

고개를 끄덕인 나윤극이 물었다.

"무엇을 보았느냐?"

"……."

뜬금없는 질문 같지만 형운은 그 의미를 알아들었다.

다시 처음의 질문으로 돌아간 것이다. 마치 그 앞에 밟았어야 하는 단계를 다 밟았다는 듯이.

화제가 널을 뛰는 화법은 영 익숙해질 수가 없었다. 상대에 대한 배려라고는 조금도 없는 화법은 늘 높은 자리에서 상대가 자신을 배려하게 만들어왔기에 생긴 습관일까?

'남들이 사부님보고 오만하다 오만하다 하는데 잘 보면 그렇지도 않은 거 같단 말이지?'

지금까지 형운이 만나본 이들 중에 귀혁보다 오만한 이들이 너무 많았다 보니 귀혁은 참 상식적으로 예의 바른 사람이 아닌가 하는 생각이 들고 있는 요즘이었다.

형운은 고민했다.

'과연 이 질문에 답해도 될까?'

나윤극은 마치 그런 속내를 읽은 것처럼 말했다.

"듣는 귀는 한 명뿐이다. 설령 예지자라 할지라도 이 성에서 일어난 일을 알 수 없음을 알 터."

그 말에 형운이 의아함을 드러냈다.

윤극성 역시 별의 수호자 총단이나 하운국 황실처럼 예지가 미치지 않는 장소임은 형운 역시 알고 있는 바였다. 나윤극도 형운이 그 사실을 모르리라 생각하지 않을 텐데 굳이 설명하는 의도는 무엇일까?

"그중에서도 이 방은 마존께서 만드신 예지의 바깥이다."

형운은 비로소 그가 말하고자 하는 바를 알아들었다. 잠시 더 고민했지만 결국 입을 열어 그가 바라던 답을 주었다.

"내상을 입으셨군요. 그 원인은 저주겠지요."

"……."

처음으로 나윤극의 얼굴에 동요가 드러났다.

그가 금세 그 기색을 지우고 생각에 잠겼다가 물었다.

"혹시 내 기파가 흐트러졌느냐?"

"완벽했습니다."

형운은 솔직하게 말했다.

나윤극은 스스로를 완벽하게 통제하고 있었다. 안색으로도, 목소리로도, 행동거지로도, 기파로도 그가 부상자임을 알아볼 수 없을 것이다. 실제로 싸워보지 않는 한에야 추측해 볼 만한 단서가 전혀 없었다.

나윤극은 형운에게만 묻지 않았다. 위쪽에 은신해 있는 호위자와 전음을 주고받는 기색이 느껴졌다.

"어떻게 알았느냐?"

"냄새가 납니다."

"냄새?"

"저는 특정한 기운의 향취를 맡을 수 있습니다. 그리고 지

금 대협의 몸에서는 저주의 냄새와 상처 입은 기맥의 냄새가
나는군요."

물론 거짓말이었다. 형운은 후각을 기감으로 활용하는 능
력은 그리 뛰어나지 않았다. 그저 일월성신의 눈으로 봐서 알
았을 뿐이다.

하지만 나윤극은 그 대답에 납득한 기색이었다.

"그렇군. 기의 향취라… 확실히 거기에 대한 대비는 다소
소홀했지. 반성해야겠군."

그는 천라무진경의 원형을 손에 넣어 독자적으로 발전시
킨 인물이다. 오감을 기감으로 활용한다는 발상이 낯설지 않
으리라.

형운은 나윤극을 보는 순간 두 가지 놀라운 사실을 알아냈
다.

'내공이 9심에 도달했다.'

그것은 별의 수호자도 파악하지 못한 사실이었다.

하지만 형운은 그것이 이상하지 않다고 생각했다. 그의 내
공 수위가 파악된 지는 꽤 오랜 시간이 흘렀다. 다름 아닌 천
하제일검객이라 불리는 사람이라면, 그리고 윤극성주로서 천
하에서 손꼽히는 부와 권력을 쥔 사람이라면 그동안 9심에
오를 방법과 수단을 얻었어도 이상하지 않은 일이다.

'이 저주는 대체 뭐지?'

그리고 그의 기심 중 두 개에 강력한 저주가 깃들어 있었다.

일월성신의 눈에는 그것이 마치 검푸른 불길처럼 보였다. 꺼지지 않고 타오르면서 나윤극의 기맥을 오염시키는 불길.

다른 무인이었다면 벌써 피를 토하며 쓰러졌어도 이상하지 않은 상태였다. 저주가 신체의 중요 기관을 잠식하고 저주의 독소를 퍼뜨려서 기맥을 오염시키고 있는 상황이었으니까.

그러나 나윤극은 형운이 아니고서는 누구도 이상을 감지할 수 없을 정도로 멀쩡한 모습을 연기하고 있었다. 형운은 그가 그런 위장을 가능케 하는 기의 운행 방법에서 한 사람을 떠올렸다.

'하령이처럼 하고 있어.'

서하령이 천명단을 취했을 때 형운과 귀혁이 주는 기운을 이용했던 방식과 닮았다.

자신의 기운과 저주의 독소를 충돌시켜서 상쇄한다. 그 과정에서 반응이 격렬하면 격렬할수록 부담이 커지기 때문에 최소한으로 억제해야 한다.

그렇기에 나윤극은 마치 체내의 기운을 갖고 끊임없이 곡예를 부리듯 놀라운 진기 운행으로 기맥에서 일어나는 반응을 최소화하고 있었다.

'그걸 위해 비약을 물처럼 마시고 있는 거군. 옛날 생각나네.'

아무리 천재적인 감각의 소유자라도 집중력을 유지하는

데는 한계가 있다. 모든 국면을 곡예 같은 기술로 해결하려고 하면 금방 한계에 도달할 것이다.

나윤극은 곡예를 부릴 곳은 부리고 그렇지 않은 곳은 힘으로 눌러가면서 억제 상태를 유지하고 있었다. 그 과정에서 지속적으로 진기가 소모되지만 계속해서 비약을 마셔가면서 버텨낸다. 방에 들어서는 순간 풍겼던 약향의 정체는 그가 마시고 있는 찻잔에 담긴 비약이었다.

'하지만 저주받은 지 오래됐다면, 그 기간 동안 혼자서 저 일을 수행하는 것은 불가능해. 같은 일을 수행할 수 있는 도우미가 한 명 이상 있든가 아니면……'

형운은 귀혁이 천극무상검에 대해 파악한 사실을 떠올렸다.

'천라무진경의 양의심공이 동시적 사고만이 아니라 한쪽은 활성화하고 한쪽은 휴식을 취하는 것조차 가능한 경지에 도달했다는 뜻.'

천극무상검은 쌍검으로 시작해서 한 사람이 다룰 수 있는 무기의 수를 초월한 물량 공세를 구현하는 것에 이르는 무공이다. 근본이 되는 기질은 다르지만 빙백설야검이 무수한 얼음검을 다루는 것과 비슷한 형태를 취한다.

천극무상검과 빙백설야검과의 결정적인 차이점은 심법이다.

나윤극은 천극무상검의 근본이 되는 윤극성의 천라무진경

을 양의심공 계통으로 발전시켰다. 무공을 펼칠 때 양의(兩意)를 넘어 다의(多意)를 품기에 허공섭물로 조종되는 검들이 제각기 다른 뜻을 갖고 살아 있는 것처럼 정밀한 연계를 보여준다.

하지만 양의심공 계통의 무공은 어디까지나 심법이 활성화될 때만 그 공능이 나타난다. 그렇지 않으면 양의심공 계통의 무공이 품고 있는 근본적인 약점, 연마하는 과정에서 심마가 자라나 다중인격에 사로잡힐 위험이 훨씬 커지기 때문이다.

그런데 나윤극은 그 한계를 초월한 것 같았다.

'분명 경이롭지만… 그렇다고 해도 한계가 있다.'

형운은 안타까움을 느꼈다.

나윤극이 해온 일은 그 자체로 무공의 기적이라 불릴 만한 경지였다.

그러나 그것을 행하는 것이 사람의 몸인 이상 어쩔 수 없는 한계가 있다. 반응을 최소화해도 기맥은 계속 상처 입고 지쳐갈 수밖에 없는 것이다.

형운은 나윤극이 쇠약해져 있음을 알아보았다. 겉으로는 멀쩡해 보이지만 그는 다 죽어가는 병자나 다름없었다.

이대로 간다면 그의 파멸까지 오랜 시간이 걸리지 않을 것이다.

형운이 물었다.

"혹시 일월성단을 원하신 이유가 그것입니까?"

"패기만이 아니라 통찰력도 있군."

긍정의 의미였다.

별의 수호자에서는 윤극성이 성혼철을 내주면서까지 일월성단을 바라는 초강수를 던진 이유를 명확히 파악하지 못했다.

윤극성도 자체적으로 연단술 연구를 하고 있으니 연구용으로 쓰기 위함이라는 것이 가장 타당한 추측이었지만, 과연 해와 달과 별 세 개의 일월성단만을 연구, 분석해 봤자 얼마나 성과를 얻을 수 있을까?

셋 다 결국은 소모품이라는 것을 감안하면 그들이 얻을 수 있는 성과는 한 줌도 안 될 것이라는 예측이 지배적이었고 그렇기에 장로회에서도 보관 기술이 담긴 보관함까지 넘겨줘도 별문제가 없으리라 보았다.

그러나 그런 별의 수호자의 예측은 정답 근처에도 못 간 것이었다.

'일월성단을 복용하는 것은 외부에서 기를 받아들일 수 있는 방법 중에 가장, 아마도 다른 어떤 방법보다도 압도적으로 질적으로 순수하고 뛰어난 기운을 얻을 수 있는 방법이다.'

당연히 윤극성에서도 나윤극의 저주를 치유하기 위해서 할 수 있는 모든 수단을 썼을 것이다. 성과가 있었는지는 알 수 없다. 처음 저주받았을 때 상태가 어땠는지를 모르니까.

하지만 지금의 상태가 그들이 할 수 있는 최선을 다한 결과임을 추측하기는 어렵지 않다.

윤극성은 일월성단을 복용하는 것만이 나윤극에게 남은 유일한 회복의 가능성이라고 여겼던 것이다.

'설마……'

거기까지 생각한 형운은 한 가지 사실을 깨달았다.

"…위해극의 생일을 명분으로 저를 이곳까지 불러들인 것도 이것 때문이었습니까?"

나윤극은 잠시 형운을 바라보다가 희미하게 웃었다.

"말해준 것도 없는데 혼자서 정답에 도달하는구나. 기분 나쁠 정도로 네 사부를 닮았어."

3

나윤극의 인생에서 평생 떠올릴 정도로 인상 깊었던 이는 그리 많지 않다.

그의 가슴속에 눈부시면서도 꺼지지 않는 불길로 남은 자는 정말로 극소수였다. 그리고 시간이 갈수록 그 수도 줄어들고 있었다.

나윤극은 한 남자와의 악연을 기억한다.

젊다 못해 새파란 애송이였던 시절, 기연으로 천라무진경원전(原典)을 손에 넣었을 때의 일이다.

"너는 네 삶이 인간의 삶이 아니라 신화가 되길 갈망하는군."

쓰러진 자신을 내려다보며 비꼬듯이 웃었던 남자가 있었다.

나윤극은 한 권뿐인 천라무진경 원전의 소유권을 두고 한 사람과 싸웠다.

그의 이름은 귀혁.

훗날 별의 수호자 영성의 자리에 올랐으며, 나윤극이 그 일 이후 평생 동안 숙적으로 여긴 남자였다.

이 당시 나윤극은 이미 고수라 불리기에 부족함이 없는 경지에 올라 있었으며, 그럼에도 스스로의 무공을 과신하지 않았다. 단순히 기술적인 측면만으로 보면 동세대 성운의 기재들 중에 그보다 뛰어난 성취를 보인 이들이 있었기 때문이다.

그래도 성운의 기재가 아닌 한 비슷한 연배에서 자신의 상대가 될 무인은 없다고 여기고 있었다. 그리고 그 생각은 불과 세 살 위의 귀혁과의 싸움으로 산산이 부서지고 말았다.

나윤극은 패했다. 하지만 목숨이 적의 마음에 달린 상황에서도 약한 모습을 보이지는 않았다.

"불만인가?"

"아니, 실로 인간다운 야망이라고 생각해."

"칭찬으로 들리지 않는군."

"칭찬이다. 솔직히 좀 부럽기도 하군. 난 명예에 대한 욕심이 희박해서 너처럼 영웅이 되고 싶다, 자신의 이름이 세상을 바꾼 자로 기억되길 바란다……. 그런 야심은 공감하기가 어렵거든."

젊은 시절의 귀혁은 아련한 미소를 지으며 말했다. 그리고 뜻밖의 제안을 했다.

"내가 이겼으니 이 비급은 내가 가져가지. 대신 한 부 필사해 줄 테니 너는 그걸 가져가라."

"뭐라고? 무슨 수작이지?"

"수작 부릴 생각은 없으니까 그렇게 눈 부라리지 말고. 설마 자존심 상해서 못 받겠다고 하는 건 아니겠지?"

"……."

"넌 그런 놈이 아니야. 자존심이 하늘을 찌를 것처럼 보이지만 정말 그랬으면 패자는 유구무언(有口無言)이니 죽이라고 목을 들이밀었겠지. 안 그런가?"

그것은 참으로 불쾌하면서도 신기한 경험이었다.

패배할 리가 없다고 생각한 상대에게 패했다, 그리고 자신의 속내를 낱낱이 읽혔다는 사실이 뱃속에서 부글부글 끓는 불쾌감을 선사했지만 동시에 한 번도 겪어보지 못한 신선한 감각을 선사하고 있었다.

귀혁은 그런 나윤극에게 말했다.

"나윤극, 너는 영리하고 욕심 많지만 사악하지는 않다. 네 야심은 사적이지만 그것으로 이루고자 하는 것은 많은 사람들에게 이로울 것이다. 그러니 나는 여기서 네 목숨을 취하지 않을 것이고, 네가 살아가는 모습을 지켜보겠어. 무학자로서는 네가 이것으로 어떤 가능성을 꽃피울 것인지, 사람으로서는 과연 네 욕망이 추하게 변질되지 않는지."

터무니없이 오만한 말이었다.

나윤극은 불같이 분노하면서도 귀혁의 말을 인정했다. 사투의 승자라면 패자에게 그 정도 오만할 자격은 있으리라.

동시에 궁금해졌다.

"그럼 너는 그만한 능력을 갖고 있으면서도 야망이 없단 말인가?"

"야망은 있지. 하지만 내 야망은 네 야망과는 길이 달라."

"그 길은 무엇이지?"

"우리가 세상에 진 부채를 갚는 것이다. 그것은 커다란 진보이며 또한 만민의 운명을 구원하는 길이 될 것이나, 이룬다고 해도 알아주는 이는 얼마 없겠지."

"……."

"지금은 이해 못 하는 게 당연하다. 하지만 언젠가 네가 네 야망을 이룬다면 알 수 있는 날이 올 거다."

어쩌면 나윤극은 그 답을 알고 싶어서 더욱 열심히 살아갔는지도 모른다.

4

젊은 시절의 나윤극은 대륙 곳곳을 돌아다녔다. 그가 무상
검존이라 불리기 전에 일존구객의 일원이 될 수 있었던 것은
그때의 일들도 크게 한몫했는데, 이때의 일화들은 종종 진위
여부가 의심받고는 한다. 상식적으로 이해할 수 없을 정도로
짧은 기간 동안에 동에 번쩍 서에 번쩍 하듯이 여러 곳에서
일을 벌였기 때문이다.

그렇게 된 원인은 환예마존 이현이 나윤극에게 호의를 가
졌기 때문이었다. 이현이 축지로 나윤극을 먼 곳으로 보내준
경우가 많아서 강호의 일들을 기록하는 사람들에게는 큰 혼
란을 주었다.

이 과정에서 나윤극은 귀혁과도 여러 번 얽혔다.

그 대부분은 이현이 개입해 있었기에 둘은 서로를 강하게
의식하면서도 처음처럼 사투를 벌이는 일은 없었다.

그들이 다시 무인으로서 사투를 벌인 것은 그로부터 오랜
시간이 지난 후, 흑영신교와 광세천교의 성지가 토벌당한 직
후의 일이었다.

마교도들에게 흉왕(凶王)과 멸존(滅尊)이라는, 인간의 모습
을 한 재앙으로 불리게 된 두 사람은 누구의 눈길도 미치지
않는 곳에서 어떤 외적 사정도 개입되지 않은 순수한 무인으
로서의 싸움을 벌였다.

누군가 알았다면 어리석은 싸움이라며 말렸을 것이다.

두 사람 사이에 서로 죽고 죽여야 할 만한 은원은 없었으며, 어느 쪽이 이긴다 한들 이익을 얻지도 못한다. 두 사람이 짊어진 숙원과 입장을 생각하면 그렇게 싸워서는 안 되었다.

그럼에도 두 사람은 무인으로서 싸우기를 선택했다.

그것은 산을 부수고 강을 뒤집어엎는 격전이었다. 두 사람의 삶에서도 극치에 달하는 싸움이었다.

그 싸움의 결말은 무승부였다.

두 무인은 마지막까지 한 발짝도 물러나지 않고 끝장을 볼 기세로 하루 밤낮을 싸웠지만 결국 서로의 숨통을 끊지 못하고 동시에 쓰러지고 말았다.

"…또 졌군."

귀혁은 무승부라고 했지만 나윤극은 자신이 패배했다고 여겼다.

그것은 싸움의 끝을 어느 시점으로 보느냐의 문제였다.

귀혁은 둘이 동시에 쓰러져서 의식이 끊어진 시점을 싸움의 끝으로 보았다.

그러나 나윤극은 그보다 좀 더 뒤를 싸움의 끝으로 보았다.

나윤극이 깨어났을 때, 귀혁은 그보다 먼저 깨어나서 떠나갔다. 그 순간 나윤극의 목숨은 귀혁이 마음먹기에 달려 있었으니 사투에 임한 무인으로서 패배를 인정할 수밖에 없다고 생각한 것이다.

그렇게 두 사람은 같은 결과에 대해 서로 다른 결론을 품은 채 오랜 시간을 보냈다.

각자 숙원을 추구하며 살았지만 그럼에도 서로를 잊은 적은 없었으니, 그들은 늘 상대가 자신의 살아온 모습을 지켜보고 채점한다고 여기는 것처럼 치열하게 살았다.

5

그리고 시간이 흘러, 나윤극은 이제 귀혁의 제자와 마주하고 있었다.

형운의 존재는 나윤극에게는 흥미 그 자체였다.

그가 일생을 살아오는 동안 무인으로서 해온 일은 무엇이든 귀혁을 의식하고 있었다.

한때는 귀혁이 제자를 받지 않는 것에 대해서 묘한 아쉬움을 느꼈다. 제자 육성 능력을 견주어볼 수 없다는 사실 때문이었다.

그렇기에 형운을 제자로 받았다는 소식을 들었을 때는 가만있을 수가 없었다. 조직의 질서를 고려해서 위해극을 자신의 제자가 아니라 봉연후의 제자로 거둬들인 것을 후회하면서 억지스러운 핑계를 붙여가며 별의 수호자 총단으로 보냈다.

그들을 통해 자신이 이룬 것을 보여주고 싶었기 때문이다.

그리고 그들의 눈을 통해서나마 귀혁과 형운에 대해 알고 싫었기 때문이다.

하지만 그때만 해도 상상조차 하지 못했다. 자신이 이런 입장에서 형운과 마주하게 될 것이라고는…….

"왜 그러지?"

나윤극은 의아해하며 물었다. 형운이 멍청한 표정을 짓고 있었기 때문이다.

그를 앞에 두고도 더없이 차분한 모습만을 보였던 형운은 살짝 부끄러워하고 있었다. 나윤극의 눈에는 처음으로 그 나이 또래의 청년처럼 보이는 모습이었다.

"아, 그게… 사부님하고 닮았다는 말을 들어본 적이 별로 없어서요. 다른 분도 아니고 대협께서 그리 말씀해 주시니 기분이 묘하군요."

"지금은 네 사부와 많이 달라 보이는군."

"그런 말을 훨씬 많이 듣습니다."

형운이 겸연쩍은 듯 웃었다.

나윤극이 말했다.

"너는 정답 중에 하나를 맞혔다. 일월성단을 여기까지 가져오게 한 것도, 너를 오게 한 것도 네가 추측한 대로다. 그 이유를 알겠느냐?"

"마존께서 저에 대해 귀띔하신 바가 있지 않았을까 싶습니다."

"흠."

나윤극은 자꾸만 형운에게서 귀혁의 모습을 보게 됨이 당
혹스러웠다. 그것이 스스로의 마음이 불러일으킨 허상에 불
과함을 알면서도 피할 수가 없었다.

"그 또한 정답이다."

나윤극은 이현에게서 일월성신인 형운이 어떤 존재인지
많은 것을 들었다. 그 사실을 윤극성을 위해 쓰지 않겠노라고
약속했기에 그 비밀을 아는 것은 그 혼자뿐이었다.

그러나 그렇다고 하더라도 그가 처한 상황을 외부인에게
알리는 것은 엄청난 위험 부담을 지는 선택이다. 그는 윤극성
그 자체나 다름없었으니까. 그가 약해졌다는 것이 알려지는
순간 거대한 혼돈이 시작될 것이다.

상식적으로는 일월성단만을 가져오게 해서 비밀을 공유하
는, 믿을 수 있는 인원들만으로 사태를 수습했어야 할 것이
다. 그런데도 굳이 외부인인 형운을 부른 것에는 그럴 만한
이유들이 있었다.

"굳이 내가 외부인인 네게 비밀을 공유하기로 한 이유를
알겠느냐?"

"하나는 알겠지만 다른 이유는 모르겠습니다."

"그 하나를 말해보아라."

"만전을 기하기 위해서였겠지요. 감히 추측건대 대협의 상
세는 아마 겉보기로는 상상도 할 수 없을 정도로 위중할 것입
니다."

"……."

"윤극성주이신 대협의 입장에서 필요하다면 얼마든지 뛰어난 인원들과 설비와 약재를 동원할 수 있을 것입니다. 하지만 극소수의 인원만이 공유하는 기밀로 다뤄야 할 정도라면 동원할 수 있는 인원은 한정되겠지요. 그리고 그 인원들만으로는 성패를 확신할 수 없다고 생각하셨을 것 같습니다. 아니, 어쩌면 모든 것을 드러내 놓고 진행한다 하더라도 마찬가지이리라고 판단하셨는지도 모르겠군요. 그 정도가 아니었다면 외부인인 저를 도우미로 포섭하려고 하시지 않았을 테니까요."

"…마존께서 귀띔해 주신 바가 아니었다면 나는 네가 독심력이나 예지력을 가졌다고 의심했을지도 모르겠군."

표정도 목소리도 전혀 동요하지 않았지만 형운은 그가 경악하고 있음을 알았다.

형운이 통찰한 대로였다.

나윤극의 상세는 대단히 위중하다. 아무리 뛰어난 설비와 도우미들을 동원하더라도 일월성단을 복용해서 그 기운을 녹여내는 데 성공할 수 있을지 알 수 없었다.

희박한 승산을 높이기 위해서는 비장의 수단이 필요했고, 나윤극은 형운이 그런 존재임을 알고 있었다.

나윤극이 물었다.

"해주겠나?"

"예."

"바라는 것은?"

"딱히 없습니다."

"진심인가?"

"저 개인으로서는 그렇습니다. 현 상황에서 대협이 건재할 필요가 있다는 것에 동의하니까요. 다만 조직을 대표하는 입장에서는 명분이 필요하니 윗분들에게 칭찬받을 만한 것들이나 후하게 챙겨주시면 좋겠군요."

"섭섭하지 않게 해주지."

"그럼 다른 정답들을 여쭤봐도 되겠습니까?"

나윤극은 형운이 말한 것이 정답 중에 하나라고만 말했다. 그가 안고 있는 문제 말고도 다른 이유가 있다는 말이었다.

"너를 이곳까지 오게 할 필요가 있었기 때문이다."

"어째서입니까?"

"마존께서 네게 남기신 유산이 무엇인지 알기 위해서다. 그분이 자신의 유지를 이어달라고 부탁할 인물이 많지는 않지. 너 아니면 혼마, 둘 중에 하나였을 것이다. 그렇지 않은가?"

"……."

형운이 침묵했다.

나윤극이 잠시 기다리다가 말했다.

"장소는 문제가 되지 않는다. 그렇다면 문제는 나인가?"

"……."

"알겠다."

형운은 아무 말도 하지 않았지만 나윤극은 그 무언의 의미를 다 안다는 듯 깨끗하게 물러났다. 그리고 거기에 대해서는 한 마디도 더 하지 않고 화제를 돌렸다.

"너는 궁금하지 않느냐?"

"무엇이 말입니까?"

"내가 왜 이런 상황에 처했는지?"

"궁금합니다."

궁금하지 않을 수가 없었다. 천하의 무상검존 나윤극이 어쩌다가 저런 중태에 빠졌단 말인가?

"이 일에 너를 끌어들였으니 너는 알 자격이 있다. 작년에 이 나라에서 일어났던 일 때문에 우리가 이 나라 사람들에게 무슨 소리를 듣고 있는지 알고 있겠지."

풍령국 사람들은 윤극성이 자신들의 전력을 아끼느라 풍령국의 혼란을 본체만체한다고 비난한다. 위령성 사태 때도 정치적인 입장 때문에 도움을 주지 않았던 것을 욕하는 이들이 많았다.

그러나 그것은 그들이 윤극성에 대해서 무지하기 때문에 할 수 있는 말이다.

"새로운 환마왕이 출현했다. 이건 너도 알고 있는 바일 것이다."

"예."

환마왕이 부활했다는 것과 그 환마왕이 나윤극이 쓰러뜨린 전대 환마왕에 비견될 바는 못 된다는 것은 이미 세간에 알려진 사실이었다.

"별의 수호자가 어디까지 추측하고 있는지 모르겠군. 환마왕이 둘이라는 사실도 알고 있느냐?"

"네?"

"그동안 부활한 환마왕은 총 넷이었다. 얼마 전까지 활동 중이었던 것은 둘, 그러나 그중 하나는 반파(半破)되었지. 그대로 소멸해 주면 좋겠지만 시간이 지나면 회복할 가능성이 높다. 이 정보를 너희가 모르고 있다면 광세천교 놈들이 유출하지 않는 쪽이 자기들에게 유리하다고 보았다는 의미일 것이다."

"……."

형운의 표정이 경악으로 물들었다.

6

광세천교주는 푸른 불길에 휘감긴 대지를 걷고 있었다.

마치 온 세상이 불타는 것 같은 풍경이었지만 거기에는 열기가 없다. 허상에 불과한 존재인 환마의, 허상에 불과한 생명으로부터 비롯된 허상의 불길이기에 아무것도 태우지 못한다.

후우우우우우……!

그 불길은 하늘에 거대한 뱀처럼 구불구불한 궤적을 남기며 한 지점으로 빨려 들어가고 있었다. 실로 기묘하면서도 눈을 뗄 수 없는 장관이다.

그 광경을 말없이 보고 있던 광세천교주가 은발을 휘날리며 물었다.

"광요의 상태는?"

"예상 이상으로 순조롭습니다. 환마 놈들이 협력적입니다."

그를 따르던 광세천교도가 보고했다.

"그동안 신용을 쌓느라 고생했으니 그래야지."

"놈들은 불사검왕에게 향수를 갖고 있는 것 같습니다. 광요가 불사검왕과 비슷한 존재가 된다는 것에 들떠 있더군요."

불사검왕.

무상검존 나윤극에게 불멸의 명성을 선물한 과거의 재앙이다.

광세천교는 광요를 통해서 마인이면서 마계의 신물을 손에 넣어 인간을 초월한 마왕이 되었던 불사검왕의 상태를 모방하려고 하고 있었다.

"당혹스러운가?"

"요괴도 아니고 환마가 그런 감정을 내비치니 그렇긴 합니다."

"오래된 존재들이기 때문이다. 아무리 허상에 불과한 존재라도 오랜 세월 동안 존재하며 기억이 누적되다 보면 자신의 지성과 감정을 자신의 것처럼 여기는 때가 오지."

환마는 밀도 높은 마기 때문에 현계와 마계의 구분이 흐려지는 경계에서만 모습을 드러낸다. 세상을 떠도는 온갖 부정적인 의념과 인간의 원령, 그리고 마계의 존재들이 현세에 투영되어 현현하는 그들은 분명히 실존하며 천지간의 기운을 다루지만 그럼에도 본질적으로는 허상에 불과하다.

그들은 자신들이 마계나 현계의 존재들을 닮았지만 둘 중 아무것도 아닌 허상에 불과하다는 사실을 안다. 기억을 가졌고 생각할 수 있으며 감정도 느끼지만, 동시에 자신이 가진 모든 것이 가짜에 불과하다는 사실을 알고 있는 것이다.

만나보지도 않은 누군가를 친우처럼 느끼고, 사실은 자신에게 아무것도 하지 않은 존재를 원수처럼 미워하며, 가보지도 않은 곳을 마음의 고향처럼 느낀다.

자신을 이루는 모든 것이 실은 다른 누군가의 것이 투영된 가짜임을 알기에, 그리고 세상을 만지고 느끼면서도 그 모든 것에 대한 실감을 의심하기에 그들은 광기에 휘둘릴 수밖에 없다.

하지만 오랫동안 현계에서 존재를 유지한 환마들은 그 광기를 어느 정도 통제 가능하다. 그 시간 동안 온전히 자신의 것이라고 할 만한 기억들을 쌓아 올렸기 때문이다.

광세천교주가 물었다.

"환마왕의 쌍신(雙身)은?"

"그쪽도 광요가 완성될 때쯤엔 회복할 겁니다."

"윤극성의 동태는 어떤가?"

"멸존은 여전히 칩거 중입니다."

윤극성 안쪽으로는 그림자 교주의 예지도 닿지 않는다.

그러나 윤극성은 개척지라 외부인 유입이 워낙 활발하다 보니 광세천교도들이 첩자로 침투하기도 그만큼 쉬웠다. 윤극성 최심부까지 침투하기는 불가능했지만 군사적으로 눈에 띄는 움직임을 잡아내기는 어렵지 않다.

"다만 풍라검호가 갑자기 움직이기 시작했습니다. 휘하 병력은 물론이고 호혈검(號血劍)까지 대동하고 있는 것이 확인되었습니다."

"뭔가 잘못 건드린 모양이군."

광세천교주가 혀를 찼다.

호혈검은 윤극성의 장로 중에 한 명으로 개척 초창기부터 활약해 온 공신이다. 광세천교가 파악하기로 그의 무력은 풍라검호나 화천월지와 비교해도 뒤지지 않을 정도로 무서운 수준이었다.

"광마에게는 일단 물러나라고 전해라."

"끌어들인 뒤에 없애 버리는 편이 낫지 않겠습니까?"

광마라면 풍라검호와 호혈검이라도 충분히 죽일 수 있을 것이다. 광세천교도의 말에는 그런 믿음이 있었다.

광세천교주가 고개를 저었다.

"아니, 지금은 조심할 때다. 어차피 조금 있으면 멸존의 상태가 진짜로 어떤지도 알 수 있을 것이고."

광세천교가 촉각을 곤두세우고 있는 것은 나윤극의 상태가 어떠냐는 것이다.

나윤극이 중상을 입은 것까지는 확인했다. 바로 그들이 환마들에게 제공한 계략이 성공한 결과였으니까.

하지만 지금 그가 어떤 상태인지는 모른다. 계속 칩거만 하고 있다면 모르겠는데 공식 석상에 몇 번 멀쩡한 모습으로 나타난 적이 있었던 것이다. 심지어 무인들 앞에서 무공을 시연해 보이기까지 해서 도무지 상태를 확신할 수가 없게 만들었다.

"풍라검호에게는 준비해 둔 미끼를 던져주도록."

"피해가 크겠군요."

"어쩔 수 없지. 얼마 남지 않았다. 광요가 완성될 때까지는 낌새를 알아차리게 해서는 안 된다."

광세천교주는 윤극성 쪽을 보며 눈을 가늘게 떴다. 황금색 눈동자에 증오와 분노가 어른거리고 있었다,

'멸존, 아니, 나윤극. 우리의 악연을 끝낼 때가 머지않았다.'

그는 30년 전 마교 토벌 당시 그림자 교주직을 수행하고 있었다.

그렇기에 그는 대예언가 적호연에 의해서 광세천교가 무너져 가는 과정을 그 누구보다도 뼈저리게 새겼다. 당시 그만큼 무력감에 고통스러워한 이는 없을 것이다.

예지력을 지녔지만 어떤 미래를 선택해도 파멸만이 기다리고 있었다. 그가 할 수 있는 일은 100명이 죽을 것을 90명만 죽는 것으로 피해를 줄이는 것이었지 패배와 참극 자체를 막는 것은 불가능했다.

'저승에서도 외롭진 않을 것이다. 네가 일군 모든 것들을 함께 지옥으로 처박아줄 테니까.'

나윤극과 귀혁은 그 파멸의 시간을 상징하는 존재였다.

그리고 광세천교는 귀혁보다는 나윤극을 더욱 중요하게 여겼다. 왜냐하면 그가 윤극성을 세워 풍령국의 혼란을 정리함으로써 거기에 기대고 있던 광세천교의 입지가 크게 흔들렸으며, 무엇보다 선대 광세천교주가 그와 싸워 패함으로써 죽음을 맞이했기 때문이다.

'이제까지는 우리가 너를 두려워했지.'

그토록 무력하고 두려운 시간을 경험했기에 그는 원수나 다름없던 흑영신교와도 최대한 적대하지 않고, 오히려 예지를 통해서 전략적으로는 무언의 협력을 나누는 파격적인 결단을 내릴 수 있었다.

그 모든 것은 선대의 복수, 그리고 교의 재건을 위해서였다.

'하지만 이제는 너희가 우리를 두려워하게 될 것이다.'

나윤극은 윤극성을 지탱하는 기둥이지만 동시에 치명적인 약점이기도 하다.

윤극성이라는 집단은 나윤극이 있기에 성립할 수 있었다. 그의 삶이 그토록 신화적이었기에 사람들은 그 역시 사람이며 언젠가는 죽는다는 당연한 사실조차도 상상하기 어려워했다.

그리고 윤극성은 아직 그의 뒤를 이을 후계자를 만들어내지 못했다.

풍라검호와 화천월지는 분명 인정받고 기대를 짊어진 후계자들이지만, 그럼에도 아직 나윤극의 후계자를 자처하기에는 많이 부족하다. 그들에게는 신화의 계승자로 인정받을 만한 위업을 쌓을 시간이 필요했지만 아직까지는 그럴 여유도 기회도 주어지지 않았다.

'그리고 그런 기회는 영영 없을 것이다.'

곧 나윤극이 죽을 것이다. 그리고 제대로 된 후계자를 세우지 못한 윤극성은 내분과 외압에 의해 서서히 무너질 것이고, 그리고…….

'혼세가 돌아오리라.'

어리석은 인간들은 불과 수십 년 만에 이전 시대의 두려움을 잊었다.

황실의 권력자들은 풍령국 안에 또 다른 나라처럼 자리 잡은 윤극성이 껄끄럽고 위협적이라 치워 버리려고 들 것이며, 다른 이들은 그저 그곳에 있는 이권에 대한 탐욕만으로 윤극성을 물어뜯으려고 들 것이다.

광세천교는 그 흐름에 편승해서 혼란을 가중시켜 주기만 하면 된다. 그렇게 윤극성이 무너지고 나면 풍령국은 그토록 끔찍하던 과거로 회귀할 것이고, 이후의 혼세는 광세천교를 위한 것이 되리라.

"모든 것이 순리대로 돌아갈 것이다."

광세천교주는 소용돌이치는 푸른 불길을 보며 미소 지었다.

『성운을 먹는 자』 20권에 계속…

초대형 24시 만화방

신간 100%, 샤워실, 흡연실, 수면실(침대석), 커플석, 세탁기 완비

▪ 시흥 정왕25시점 ▪

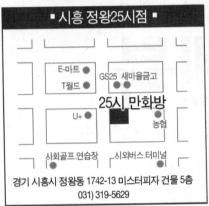

경기 시흥시 정왕동 1742-13 미스터피자 건물 5층
031) 319-5629

▪ 강북 노원역점 ▪

서울 노원구 상계동 340-6 노원역 1번 출구 앞 3층
02) 951-8324 (화용빌딩 3층)

▪ 일산 정발산역점 ▪

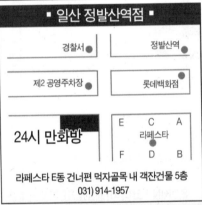

라페스타 E동 건너편 먹자골목 내 객잔건물 5층
031) 914-1957

▪ 일산 화정역점 ▪

경기도 고양시 덕양구 화정동 984번지 서일빌딩 7층
031) 979-4874 (서일사우나 건물 7층)

▪ 부천 역곡역점 ▪

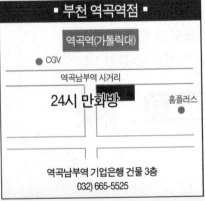

역곡남부역 기업은행 건물 3층
032) 665-5525

▪ 부평역점 ▪

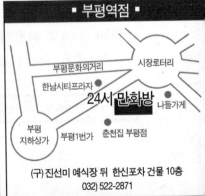

(구) 진선미 예식장 뒤 한신포차 건물 10층
032) 522-2871

이계진입 리로디드

임경배 퓨전 판타지 소설

FUSION FANTASTIC STORY

『권왕전생』임경배의 2015년 신작!

『이계진입 리로디드』

왕의 심장이 불타 사라질 때,
현세의 운명을 초월한 존재가 이 땅에 강림하리라!

폭군으로부터 이세계를 구원한 지구인 소년 성시한.
부와 명예, 아름다운 연인…
해피엔딩으로 이야기는 끝인 줄 알았건만
그 대가는 지구로의 무참한 추방이었다.
그리고 10년 후……

"내가 돌아왔다! 이 개자식들아!"

한 번 세상을 구한 영웅의 이계 '재'진입 이야기!

Book Publishing CHUNGEORAM

유행이 아닌 자유추구 -
WWW.chungeoram.com

이경영 판타지 장편소설

FANTASY FRONTIER SPIRIT

그라니트

용들의 땅

GRANITE

사고로 위장된 사건에 의해 동료를 모두 잃고 서로를 만나게 된 '치프'와 '데스디아'.
사건의 이면에 상식을 벗어난 음모가 있음을 알게 된 둘은
동료들의 죽음을 가슴에 새긴 채 각자의 고향으로 돌아간다.
2년 후, 뜻하지 않게 다시 만난 두 사람은 동료들의 복수를 위해
개척용역회사 '그라니트 용역'을 설립해 다시금 그 땅을 찾게 되는데……

용들이 지배하는 땅 그라니트!
그곳에서 펼쳐지는 고대로부터 이어지는 운명적 만남,
깊어지는 오해, 그리고 채워지는 상처.

『가즈 나이트』시리즈 이경영 작가의 미래형 판타지 신작!

Book Publishing CHUNGEORAM

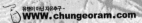

유행이 아닌 자유추구 -
WWW.chungeoram.com

미러클 테이머

인기영 장편소설

FUSION FANTASTIC STORY

MIRACLE TAMER

이계로 떨어져 최강, 최고의 테이머가 되었다.
그러나… 남은 것은 지독한 배신뿐.

배신의 끝에서 루아진은 고향 지구로 되돌아오게 되는데……
몬스터가 출몰하기 시작한 지구!
그리고 몬스터를 길들일 수 있는 테이머 루아진!
그 둘의 조합은……?

『미러클 테이머』

바야흐로 시작되는
테이머 루아진과 몬스터들의 알콩달콩한
대파괴의 서사시!!

이모탈 퓨전 판타지 소설
FUSION FANTASTIC STORY

용병들의 대지
Road of Mercenaries

이 세계엔 3개의 성역이 존재한다.
기사들의 성역, 에퀘스.
마법사들의 성역, 바벨의 탑.
그리고… 그들의 끊임없는 견제 속에 탄생하지 못한

『용병들의 대지』

전쟁터의 가장 밑을 뒹굴던 하급 용병 아론은
이차원의 자신을 살해하고 최강을 노릴 힘을 가지게 된다.

그의 앞으로 찾아온 새로운 인생!
아론은 전설로만 전해지던
용병들의 대지를 실현시킬 수 있을 것인가!

Book Publishing CHUNGEORAM

유행이 아닌 자유추구
WWW.chungeoram.com

FUSION FANTASTIC STORY

텀블러 장편소설

현대 천마록

천하를 호령하고, 전 무림을 통합한
일월신교의 교주 천하랑.
사람들은 그를 천마, 혹은 혈마대제라고 불렀다.

『현대 천마록』

무공의 끝은 불로불사가 되는 것이라 생각했지만
그로서도 자연의 섭리 앞에선 어쩔 수 없었다!

'그렇게 많은 피를 흘렸음에도 불구하고
죽을 때가 되니 남는 것이 없군그래.'

거듭된 고련 끝에 천하랑의 영혼이
존재하지 않게 된 그 순간
그의 영혼은 현세에서 천마로서 눈을 뜬다!

Book Publishing CHUNGEORAM

유행이 아닌 자유추구 -
WWW.chungeoram.com